The Independent Bookworm

ÜBER DAS BUCH

Es war einmal in einer Welt, in der Magie und Technik mit unerwarteten Konsequenzen aufeinander treffen …

Selbst mit ihren Hexenkräften gelingt es Isabel nicht, die Spur ihrer ausgerissenen Stiefkinder zu entdecken. Verzweifelt wandert sie durch den Alten Wald, der von freundlicher und bösartiger Magie durchzogen ist, um das Land in den Bergen zu erreichen, das sie als junge Frau verließ. Bald stellt sie fest, dass eine gefährliche Kreatur das Bergvolk im Griff hat. Werden ihre Kräfte reichen, um ihre Kinder wiederzufinden und das Königreich zu retten, das sie liebt?

ÜBER DIE AUTORIN

Katharina Gerlach hat seit ihrer Geburt den Kopf in den Wolken und lebte mit drei jüngeren Brüdern mitten in einem Wald im Herzen der Lüneburger Heide. Schon früh verschwand sie tagelang in magischen Abenteuern, vergangenen Zeiten oder unheimlichen Märchenwäldern, denn auch junge Wilde lernen irgendwann Lesen.

Auf die Erde kehrte sie nie lange zurück, obwohl es ihr gelang, eine Lehre zur Landschaftsgärtnerin erfolgreich abzuschließen, Forstwissenschaften zu studieren und sogar einen Dr. rer. nat. zu erhalten. Eines Tages wurde ihr klar, dass sie schreiben muss, wenn ihr Traum, ihre Geschichten zu teilen, wahr werden sollte. Ihr erster Roman war eine Katastrophe und wird nie das Licht der Welt erblicken. Doch sie lernte dazu, und nun verkaufen sich ihre Geschichten sogar. Katharina schreibt am liebsten Fantasy, Science Fiction und Historische Romane für alle Altersgruppen.

Zurzeit arbeitet sie an ihrem nächsten Projekt in einem Häuschen nicht weit von Hildesheim, wo sie mit ihrem Mann, drei Kindern und einem Hund lebt (sie halten sie lange genug auf dem Boden der Tatsachen, dass sie nicht auf Flügeln der Phantasie entschwindet).

Mehr Informationen: http://de.KatharinaGerlach.com

DIE STIEFMUTTER

BRÜDERCHEN UND SCHWESTERCHEN

SCHÄTZE NEU ERZÄHLT 2

Katharina Gerlach

Die Stiefmutter, Schätze Neu Erzählt 2
erschienen im Independent Bookworm Verlag, USA und D
Dieses Buch ist auch als eBook erhältlich. Es ist auf Deutsch und auf
Englisch erschienen.

© 2014, alle Rechte an der Geschichte liegen bei der Autorin
© 2015, cover art by Katharina Kolata
© 2015, title background by Corona Zschusschen
© 2014, logo by colorgraphix
© 2014, paragraph divider by Katharina Kolata
editor: Ethan James Clarke, Birgit Böckli
printed On-Demand Publishing LLC, 100 Enterprise Way, Suite A200,
Scotts Valley, CA 95066, USA, www.createspace.com

ISBN-13 978-3-95681-032-9

Weitere Information finden Sie auf der Verlagswebsite:
http://www.IndependentBookworm.de

Für meine Familie. Ohne Euch hätte ich es nicht geschafft.

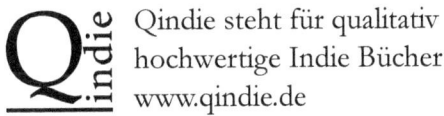 Qindie steht für qualitativ
hochwertige Indie Bücher
www.qindie.de

INHALTSVERZEICHNIS

DIE STIEFMUTTER

Ich stolperte wieder über eine Baumwurzel und musste erneut meinen schweren Rucksack zurechtrücken. Der Alte Wald war nie nett zu Besuchern und Durchreisenden, und ich war trotz meines Talents keine Ausnahme. Hätte ich mehr Geld, wäre ich nie auf die Idee gekommen, ihn zu Fuß zu durchqueren. Nur eine Kutsche, insbesondere eine dampfbetriebene, bot die nötige Geschwindigkeit, um seinen Gefahren zu entgehen. Da Ellie und Tobi ohne Geld verschwunden waren, glaubte ich nicht, dass sie in Bergia sein würden, dem nördlichsten Königreich dieses Kontinents. Aber nachdem ich die anderen Königreiche seit drei Jahren erfolglos nach einer Spur meiner Kinder abgesucht hatte, entschied ich mich, Bergia einen kurzen Besuch abzustatten. Es war kein besonders großes Königreich, und da ich dort geboren worden war, kannte ich mich aus. Es sollte nicht mehr als ein paar Wochen dauern, es zu durchsuchen.

Durch den Alten Wald zu wandern, war beschwerlich. Jetzt plagte mich der Durst – schon wieder. Mein Mund wurde trocken und meine Kehle fühlte sich an wie aus Sandpapier. Doch ich missachtete die klare Quelle im Moos und stolperte weiter. Hinter mir rief die Quelle murmelnd nach mir, und mein

Durst verschlimmerte sich. Er würde mich nicht bezwingen, denn ich hatte gesehen, was solches Wasser mit unvorsichtigen Reisenden anstellte. Ich wollte auf keinen Fall mein Leben als Tier beenden. Als der Zwang, endlich etwas zu trinken, nachließ, sah ich mich nach einem geeigneten Lagerplatz für die Nacht um. Es war zwar nicht mehr weit bis Bergia, aber im Herbst waren die Tage kurz, und es war unmöglich, nachts sicher durch den Alten Wald zu wandern. Ich würde mit Sicherheit in eine der verbliebenen Magiepfützen geraten.

Ich fand eine kleine Lichtung, kaum mehr als ein Loch im Blätterdach. Wahrscheinlich war sie von dem umgestürzten Baum aufgerissen worden, der in der Mitte lag. Sein Wurzelteller würde mich vor dem Wind schützen und die gefährlicheren Waldbewohner von meinem Rücken fernhalten. Die Äste des toten Baums lieferten mehr als genug Holz. Bedachte man die Angst der Waldbewohner vor Feuer, war dies ein sehr guter Platz für die Nacht.

Bald leckten fröhliche Flammen an meinem Suppentopf, und meine Decken lagen ausgebreitet auf einem Berg trockener Blätter mit meinem Rucksack daneben. Ein Stück abseits hatte ich ein Loch für dringende Bedürfnisse gegraben. Gerade wollte ich meine Maschine aus dem Rucksack nehmen, als ich jemanden singen hörte. War das Ellie? Unmöglich. Ganz gleich, wie viel Wut Ellie auf mich verspürte, sie wäre sicherlich nicht so dumm gewesen, den Alten Wald zu betreten, oder doch? Mit einem Mal verengte sich meine Kehle. Ich schluckte, löste die Laterne von meinem Rucksack, zündete sie an und folgte der klaren Stimme.

Ich war nicht weit gegangen, als ich einen Einhornhengst bemerkte. Er stand neben seinem Teich und sang, das Horn dem Vollmond entgegengestreckt, der langsam höher stieg. Jeder Ton seiner klaren Stimme brachte die Wasseroberfläche zum Zittern. Sie glühte bereits vor Energie. Ich eilte zurück und wühlte eine Glasphiole aus meinem Rucksack. Einhörner und vielleicht

Feen waren die einzigen Wesen, die ich vermissen würde, wenn Technik die Magie endgültig vertrieb. Mit der Einstellung war ich vermutlich die einzige technikbegeisterte Hexe der Welt. Es machte mir nichts aus, meine Kräfte zu benutzen, aber ohne sie war mein Leben einfacher. Ich war glücklich darüber, dass die Magie aus der Welt zu verschwinden schien. Es gab bereits Länder, in denen es gar keine Magie mehr gab. Meiner Meinung nach war es so am besten. Magie war ein zweischneidiges Schwert. Natürlich konnte eine fähige Hexe eine Menge Gutes tun, aber auch viel Böses, wenn sie das wollte. Zum Glück war die Kraft auf wenige Menschen mit dem nötigen Talent beschränkt. Sie machte das Leben derer, die sie benutzten, unnötig kompliziert. Magie hatte mich viel gekostet, zu viel! Und damit meinte ich nicht nur den kleinen Finger meiner linken Hand. Ich war froh, die Magie loszuwerden. Mir war Technik jederzeit lieber – mit wenigen Ausnahmen. Wie das Wasser eines Einhornsees zum Beispiel. Als ich wieder bei dem Teich ankam, trank das Tier. Ich wartete, bis es sich auf seinen Rundgang durch den Alten Wald machte, bevor ich an den Rand des Teichs huschte. Sehr vorsichtig ließ ich Wasser in die Phiole laufen. Dabei achtete ich gewissenhaft darauf, die Wasseroberfläche nicht zu berühren. Ich wollte auf keinen Fall, dass das Einhorn starb, wenn es das nächste Mal aus dem Teich trank. Vorsichtig füllte ich die Phiole bis an den Rand. Einhornwasser war die seltenste und stärkste Medizin. Zauberer nannten es ‚Wasser des Lebens' – Das übertrieb es zwar etwas, aber es konnte tatsächlich sterbenskranke Menschen heilen. Als ich die Phiole gut zugestöpselt hatte, zog ich mich in mein gemütliches Lager zurück und machte es mir für die Nacht bequem.

Ich wickelte die Phiole in ein weiches Tuch und verstaute sie sicher in meinem Rucksack. Dann nahm ich endlich die Maschine aus ihrer Schutzhülle und stellte sie auf. Sie war ein Wunder. Das einzige mir bekannte technische Gerät, das Magie und Wissenschaft in perfekter Balance vereinte. Der Vollmond schien bereits hell durch das Loch im Blätterdach. Ein kleiner Saphir, der in die Seite der Maschine eingelassen war, fing sein Licht ein und glitzerte. Mit dem Edelstein hätte ich mir all die Bequemlichkeiten leisten können, die mir fehlten. Das Vermögen, das er wert war, wäre genug für ein ganzes Leben. Leider brachte ich es nicht fertig, meine Maschine auseinanderzunehmen. Sie war die letzte Verbindung zu meinem geliebten Daniel. Er hatte diese Maschine gebaut – mit meiner Hilfe natürlich, denn er war kein Zauberer.

Endlich leuchtete der Saphir hell genug, um die Kristallkugel am oberen Ende der Maschine zu erhellen, und ein Gesicht erschien in dem milchigen Glas. Es war schwarz-weiß, die Farbe musste ich mir dazu denken. Braune Haare, rehartige Augen und sanft gebräunte Haut – so hatte Daniel vor seinem Tod ausgesehen.

„Hast du sie schon gefunden?" Daniels Stimme erinnerte mich immer noch an den rauchigen Geruch seines Berufs, aber in seinen Haaren hing keine Asche mehr, und sein Gesicht war frei von Ruß, der ihn im Leben stets gezeichnet hatte.

„Ich nähere mich der Grenze von Bergia", sagte ich und versuchte, optimistisch zu klingen. Ich spürte bereits, wie die Maschine mir Lebenskraft entzog. Es tat weh. Egal – der Verlust der Kinder und Daniels Tod schmerzten schlimmer. Die Maschine quälte nur meinen Körper; der Verlust meiner Familie tötete meine Seele. Trotzdem widerstand ich den Schmerzen bestenfalls zehn Minuten. Ich hatte die Laufzeit der Maschine in den letzten Tagen bereits stark reduziert, konnte aber nicht aufhören, mit Daniel zu reden. Er musste alles wissen. Außerdem konnte ich nicht leben, ohne wenigstens gelegentlich sein Gesicht zu sehen. Es machte den Gedanken erträglich, dass ich ihn nie wieder in die Arme schließen würde.

„Wie viel Zeit ist vergangen? Du wirkst älter." Seine Stimme klang besorgt.

„Nur ein Tag."

„Hör auf, die Maschine zu benutzen. Der Preis ist zu hoch."

„Das ist die letzte Vollmondnacht. Morgen ruhe ich mich aus." Ich log, obwohl ich genau wusste, dass er recht hatte. In den drei Jahren meiner Suche war mein Körper dreimal schneller gealtert als normal war. Meine Haare wurden bereits grau und meine Haut faltig – dabei hatte ich erst vor Kurzem meinen fünfunddreißigsten Geburtstag erlebt. Ich seufzte.

„Wenn ich die Kinder noch hätte, könnte ich dich wahrscheinlich loslassen." Meine Stimme war kaum mehr als ein Flüstern. „Aber so wie es ist, ist dies alles, was von dir geblieben ist."

„Sie haben ihren Weg gewählt. Du musst lernen, das zu akzeptieren. Es ist ja nicht so, als hättest du sie zur Welt gebracht."

Unsere Zeit war fast um. Sterne explodierten mir bereits vor den Augen. Ich kämpfte darum, die Kontrolle zu behalten.

„Ich habe Ellie abends in den Schlaf gesungen und sie gebadet, als das Fieber ihren kleinen Körper schüttelte und deine erste Frau tötete. Ich habe Tobi gestillt, nachdem meine süße, kleine Tochter gestorben war. Wie kannst du glauben, ich sei weniger ihre Mutter, nur weil ich sie nicht zur Welt gebracht habe?"

Die Maschine ratterte und schaltete sich automatisch aus, bevor er antworten konnte. Morgen würde er dieses Gespräch wieder vergessen haben. So war es eben. Ich seufzte, legte mich hin und versuchte, den Schmerz zu ignorieren, der in meinem Hirn pochte.

Gegen Mittag stolperte ich aus dem Alten Wald. Erleichterung durchströmte mich, und mir war schwindlig. Ich hatte es geschafft. Als ich die Straße betrat, die nach Bergias Hauptstadt führte, hörte ich das Schnaufen eines Dampfwagens hinter mir. Instinktiv drehte ich mich um und hielt den Daumen in die Höhe, das allgemeingültige Zeichen dafür, dass ich gerne mitgenommen werden würde. Eine ganze Phalanx Dampfwagen rumpelte an mir vorbei. Ich bemerkte das Wappen auf den Türen, wurde rot und ließ den Arm sinken, um mich zu verbeugen. Es war das Wappen der Königsfamilie Bergias. Als ich mich wieder aufrichtete, hielt der letzte Dampfwagen, und der Fahrer winkte mir.

„Kommen Sie. Schnell."

Ich gehorchte hastig, und er beschleunigte, um die anderen wieder einzuholen. Auf dem Weg in die Hauptstadt plauderten wir unverbindlich. Er erzählte mir, dass der König von einer Reise durch sein Königreich zurückkehrte, bei der er seine Braut vorgestellt hatte, und dass die Hochzeit in wenigen Tagen sein würde. Ich fand heraus, dass er als Hofmarschall mit der Aufgabe betraut war, das Ganze zu organisieren. Mein Herz wurde schwer. Der König war in meinem Alter. Es musste furchtbar gewesen sein, die Frau so früh zu verlieren, und noch schrecklicher, dass er gezwungen war, erneut zu heiraten.

„Sie sind nicht von hier, das merkt man", sagte der Hofmarschall. Mit seiner Reisebrille und dem Bart war sein Gesicht schwer zu erkennen. Ich nickte, obwohl das eine Lüge war. Ich erinnerte mich besser an den tiefblauen Himmel und die schneebedeckten Berge, als mir lieb war. Doch die Zeit, die ich woanders verbracht hatte, hatte mich verändert. Er strahlte mich an.

„Dachte ich mir. Also, wo kommen Sie her?" Seine Neugier war gleichzeitig niedlich und nervig. Ich umging die Wahrheit, so gut ich konnte. Trotzdem war es unmöglich, die Tatsache zu verbergen, dass ich durch den Alten Wald gekommen war. Er war schwer beeindruckt.

„Was für eine unglaubliche Leistung. Sie müssen mir alles darüber erzählen." Die Bewunderung in seiner Stimme ließ mich rot werden. Da er sich auf die holprige Straße konzentrierte, merkte er es nicht. „Ich glaube, seit des Königs Großvater hat das niemand mehr gewagt. Obwohl man munkelt, dass die königliche Braut und ihr zahmes Reh von dort kommen. Das ist natürlich Blödsinn. Stellen Sie sich vor, eine Prinzessin, die durch eine so gefährliche Gegend spaziert." Sein Lachen war ansteckend.

Wir fuhren um eine Kurve, und die Türme des Schlosses erschienen in der Ferne. Der Hofmarschall seufzte.

„Wir sind beinahe da. Höchstens noch eine halbe Stunde. Was werden Sie tun, wenn sie dort sind? Suchen Sie Arbeit?"

„Wenn es welche gibt." Ich versuchte, nicht herablassend zu wirken.

„Die Köchin braucht eigentlich immer Küchenmädchen. Für die Hochzeit gibt es viel zu tun. Außerdem wird die neue Königin nach der Hochzeit eine Zofe brauchen. Sie können sich für beide Stellen bewerben."

Ich dankte ihm für seinen Rat, hatte aber nicht vor, ihn zu befolgen.

„Sagen Sie, wenn ich mich nach einem entfernten Verwandten erkundigen möchte, wo würde ich da anfangen?" Ich hatte gelernt, dass die Bürokratie der Königreiche auf der Suche nach Ellie und Tobi mein bester Freund und mein größtes Hindernis war. Manche Länder hatten mehr als andere, aber alle wussten zumindest, wie viele Menschen im Königreich wohnten. Wahrscheinlich damit sie die Steuern korrekt festlegen konnten. Bergia war sicherlich keine Ausnahme.

„Bleiben Sie in meiner Nähe, und ich werde Sie dem Leiter der Meldestelle vorstellen. Seit des Königs Großvater müssen alle Bürger gemeldet sein. Wenn Sie für länger bleiben, sollten Sie sich auch eintragen lassen. Übrigens spart Ihnen das Einkommensteuern." Er redete weiter über die Vorteile einer Registrierung, wobei er Bergia als das schönste Land der Welt anpries, während ich die Gegend genoss.

Je länger wir fuhren, umso mehr störte mich etwas. Bergia war ein Land, das komplett von einem Wald umschlossen wurde, der von Magie, Flüchen und Zaubersprüchen durchsetzt war. Früher hatten sich Ausläufer dieser Magie bis weit ins Königreich erstreckt, wo sie von den wenigen Hexen genutzt worden waren, die hier lebten. Aber jetzt spürte ich gar nichts. Die Luft schmeckte nicht mehr anders, mir standen keine Haare zu Berge, und meine Haut kribbelte nicht. Es war die Luft eines Königreichs ohne Magie, obwohl ich kaum Technologie bemerkte.

So wie die Türme des Schlosses größer wurden, wurden auch die Felder und Wiesen zahlreicher. In der Nähe eines Dorfes entdeckte ich eine durch den Wind angetriebene Wasserpumpe. Es war ein erstes Zeichen von Technik, abgesehen von den Dampfwagen. Wir fuhren durch zwei kleine Dörfer, in denen uns die Bewohner im Sonntagsstaat zuwinkten. So wie sie aussahen, hatte sich der König mit Steuern zurückgehalten, denn sie wirkten alle wohlgenährt, und ihre Kleidung war von guter Qualität. Dicke Stoffe waren in einem Königreich in den Bergen unumgänglich. Ich betastete den verschlissenen Stoff meines Kleides und fragte mich, ob ich mir in der Stadt ein neues kaufen sollte. Aber das Wichtigste zuerst. Der Leiter der Meldestelle würde mir sagen, ob er von zwei unregistrierten Streunern gehört hatte, ob er wollte oder nicht. Wenn nötig, beherrschte ich immer noch den einen oder anderen Zauber.

Wenig später fuhren wir durch das große Tor in der Mauer, die die Hauptstadt umschloss. So imposant Tor und Mauer auch waren, die Stadt, die sie beschützten, war unscheinbar. Es hatte sich nicht viel verändert. Zwei- und dreistöckige Fachwerkhäuser drängten sich entlang der Straßen. Enge Gassen führten zwischen den Häusern hindurch in die ärmeren Stadtviertel. Die würde ich später durchsuchen müssen. Dort konnten sich Ellie und Tobi am ehesten versteckt haben.

Der Konvoi rumpelte die Hauptstraße zum Schloss hinauf. Auch hier winkten uns gut gekleidete Bürger zu. Wieder entdeckte ich keine Spur von magischer Energie, bis sich plötzlich die Haare auf meinem linken Arm von einem schwachen Hauch Magie aufrichteten. Bevor mein Körper sie aufnehmen konnte, verschwand sie. Eine zweite Hexe? Ich sah mich um, aber niemand war von dem sanften Leuchten umgeben, das eine aktive

Hexe verriet. Das bedeutete nicht, dass keine anwesend war. Schließlich hatte auch ich gelernt, meine Kräfte zu verbergen. Ich beschloss, vorsichtig zu sein.

Da es eine ziemlich kleine Stadt war, erreichten wir den Schlosshof in wenigen Minuten. Ich blieb bei meinem Fahrer, während die Diener die Dampfwagen fortfuhren. Ich lobte die Gaslaternen, die ich an den Wänden um den Schlosshof entdeckte.

„Sie sind ganz modern. Seine Majestät hat sie vor etwa einem halben Jahr importiert. Er plant, überall in der Stadt solche Lampen anbringen zu lassen." Der Hofmarschall schien zufrieden und führte mich zu den anderen Leuten, die mit dem Konvoi gekommen waren. Sie hatten sich in einer Linie aufgestellt, die vom Haupteingang des Schlosses zum letzten Dampfwagen führte, die noch im Schlosshof stand. Ich suchte mir einen Platz im Hintergrund bei den Dienern und wartete. Offensichtlich würde der Hofmarschall keine Zeit für mich haben, bevor der König und seine Braut sicher im Schloss angekommen waren, und ich zog es vor, nicht beachtet zu werden.

„Hast du das schon gehört?" Eine Magd neben mir flüsterte mit ihrer Kollegin hinter mir. „Es wird behauptet, die Braut sei ein gewöhnliches Mädchen, so wie wir."

„Unglaublich…", sagte die andere Magd und schlug die Hand vor ihren offen stehenden Mund.

Als sie weitersprach, triefte die Stimme der ersten Magd vor Schadenfreude.

„Es heißt, sie sei durch den Alten Wald gekommen. Da hat sie auch das Reh aufgelesen. Es soll ihr mehr als einmal das Leben gerettet haben."

„Ach, darum hängt sie so an dem Tier."

„Schluss mit dem Tratsch!" Eine stattliche Hausdame schob sich zwischen die beiden Mädchen. „Das ist alles dummes Gerede. Seht sie euch doch an, dann merkt ihr, dass sie von hoher Geburt ist. Da kommt sie schon."

Ich fragte mich, wer hier wohl Recht hatte, also stellte ich mich auf die Zehenspitzen, um wenigstens einen Blick auf das königliche Paar zu werfen. Zuerst sah ich kaum mehr als blonde Haare, ein grünes Reisekleid am Arm eines braunhaarigen Mannes in Lederkleidung. Das war doch nicht der König, oder? Er wirkte so jung. Aber meine Augen waren nicht mehr so scharf wie früher, also bemerkte ich die Falten in seinem Gesicht wahrscheinlich nur nicht. Als sie näher kamen, erhaschte ich einen guten Blick auf das Gesicht der Braut. Es war Ellie. Ich schnappte nach Luft und stolperte rückwärts. Sie war hier. Das war unmöglich, aber sie war es … Was sollte ich jetzt tun? Ich konnte nicht einfach aus der Menge treten und sie ansprechen. Sie würde mir sicher nicht zuhören, und vielleicht käme ich sogar ins Gefängnis. Es gab zu vieles, was ich in einer ruhigen Minute erklären musste. Ich trat noch einen Schritt zurück. Grummelnd schoben sich ein paar Diener an mir vorbei, um einen Blick auf ihre zukünftige Königin zu werfen. Da sich meine Knie zu weich anfühlten, setzte ich mich auf den Rand eines Troges, der wohl zum Tränken der Pferde benutzt wurde. Die Haare auf meinen Armen standen zu Berge, und mein Herz hämmerte so stark, dass es schmerzte. Wenn Ellie hier war, konnte Tobi nicht weit sein. Sie waren immer unzertrennlich gewesen. Vielleicht würde er zwischen Ellie und mir vermitteln. Er war immer bereit gewesen, guten Argumenten zuzuhören. Außerdem fehlte ihm nur ein Jahr an der Volljährigkeit. Ich suchte die Menge nach einem Vierzehnjährigen ab, der zu dem Kind in meiner Erinnerung passte, aber keiner der Jungen, die ich entdeckte, ähnelte ihm. Wo war er?

Die Menge teilte sich, und ein Rehbock schlenderte durch die entstandene Lücke. Er ging zu dem Trog, auf dem ich saß, und trank elegant. Dabei ignorierte er mich komplett. Mein Blick wurde magisch von ihm angezogen, aber ich wusste nicht warum. Da war etwas, was sich mir entzog, ein Summen, das in meinen Knochen vibrierte. Es fühlte sich an, als wäre das Tier mit Magie in Berührung gekommen.

Ein Pfiff schnitt durch das Gemurmel im Hof. Der Bock spitzte die Ohren und ging hüpfend auf die Reihe Menschen zu. Erneut wichen sie ihm aus, sodass er hindurch gehen konnte. Das musste das zahme Reh der Braut sein, von dem ich gehört hatte. Ellies Reh.

Ellie, die durch den Alten Wald gekommen war …

Oh Nein! Das durfte nicht sein … Tobi? Der Rehbock war Tobi. War das möglich? Selbst die gefährlichsten Flüche aus dem Alten Wald lösten sich in einer technisch geprägten Umgebung wie dem Schloss schnell auf. Bestimmt waren Ellie und Tobi schon einige Zeit hier, also hätte der Fluch längst seine Wirkung verlieren müssen. Ich schickte Tobi eine Ranke aus Magie nach und analysierte die Spuren des Fluchs. Er war so stark und unnachgiebig, als wäre er eben erst aktiviert worden. Ein Schluchzen entrang sich meiner Kehle, bevor ich meine Trauer zurückhalten konnte. Es war nahezu unmöglich, Zauber aus dem Alten Wald zu brechen. Sie mussten sich von allein auflösen, was sie nur in einer technisierten Umgebung taten. Ich legte mein Gesicht in meine Hände und versuchte verzweifelt, eine Lösung zu finden. Wenn Tobis Fluch trotz der Gaslampen, der Dampfwagen und der Wasserpumpen so stark war, hatte ihn jemand regelmäßig erneuert. Mit einem Mal ließ mich der Gedanke an eine konkurrierende Hexe erzittern.

Sanft berührte eine Hand meine Schulter.

„Sind sie in Ordnung? Sie sehen aus, als hätten Sie einen Geist gesehen", sagte der Hofmarschall. Als ich zu ihm aufsah, bemerkte ich Bewunderung und Sorge in seinen Augen. Er versuchte, beides zu verstecken, indem er den Blick abwandte. Ich schien einen stärkeren Eindruck hinterlassen zu haben, als ich gedacht hatte. Warum sonst suchte mich ein so einflussreicher und viel beschäftigter Mann auf.

„Ich bin nur von der Reise erschöpft." Ich zwang mich zu lächeln. Er musste nicht wissen, wie nahe er der Wahrheit mit seinen Worten gekommen war.

„Das ist verständlich. Wandern. Durch den Alten Wald. Kein Wunder." In seiner Stimme schwang Bewunderung mit. Er half mir auf die Beine. „Kommen Sie. Ich habe bereits mit der Köchin gesprochen. Sie können als Küchenhilfe anfangen, sobald Sie sich genügend ausgeruht haben."

Nachdem ich mich erholt hatte, arbeitete ich gründlich und schnell. Meine Stelle erlaubte es mir, im Schloss zu bleiben, so dicht bei meinen Kindern wie möglich. Diese Gelegenheit wollte ich nicht verlieren. Ich überzeugte den Hofmarschall, mich auf die Liste derer zu setzen, die nach der Hochzeit als Ellies Zofe in Frage kommen würden. Ich rechnete nicht damit, die Stelle zu bekommen, wollte es aber wenigstens versuchen. Es musste einen Weg geben, ihr nahezukommen, und die Stelle schien die beste Möglichkeit zu sein. Wenigstens war ich zuversichtlich, dass sie mich nicht sofort erkennen würde. Ich hatte mich zu stark verändert und wirkte alt. Es würde eine Weile dauern, alles zu erklären, ohne dass sie gleich wieder wütend wurde. Außerdem brauchte ich einen Vollmond, um ihr die Wahrheit zu zeigen.

Die Tage sausten vorbei. Nachts plumpste ich ins Bett wie ein Holzklotz, zu müde, um meine Maschine auch nur anzuschalten. Für die bevorstehende Hochzeit gab es trotz der zusätzlich eingestellten Hilfskräfte zu viel zu tun. An Ellies großem Tag gelang es mir, der Arbeit für ein paar Minuten zu entfliehen. Von einem hoch gelegenen Fenster sah ich zu, wie sie die Kapelle am Arm ihres Mannes, des Königs, verließ. Tobi ging an ihrer anderen Seite. Ich stellte das Fernrohr nach, und ihr Gesicht schwebte vor mir. Es strahlte, als sie in die braunen Augen ihres Ehemanns sah.

Mein Magen verkrampfte. Der junge Mann an Ellies Seite war nicht der König, an den ich mich erinnerte. Es musste sein

Sohn sein. Mein Herz zog sich schmerzhaft zusammen, und Tränen schossen mir in die Augen. Warum tat es fast genauso weh wie damals, als Daniel gestorben war? Ich hatte Eduard nicht mehr gesehen, seit sich meine Kräfte gezeigt hatten, und wir hatten nie mehr als Freunde sein dürfen.

Ich zwang mich, an etwas anderes zu denken, und konzentrierte mich auf das glückliche Paar. Eduards Sohn schien ein netter Kerl zu sein, und er sah genauso gut aus wie sein Vater früher. Ich freute mich für Ellie. Trotzdem blutete mir das Herz, und Tränen liefen über meine Wangen. Als das Paar das Schloss betrat, um an den Festlichkeiten teilzunehmen, wischte ich mir die Tränen ab und kehrte in die Küche zurück, um die Töpfe und Pfannen zu schrubben.

Am nächsten Morgen stapelte ich Holz neben der großen Feuerstelle in der Küche auf. Die Diener huschten an mir vorbei, um dem königlichen Paar und den Gästen das Frühstück zu servieren, als mir ein Page befahl, ihm zu folgen. Ich bat die Köchin um Erlaubnis, die sich sehr zufrieden darüber zeigte, dass ich daran gedacht hatte, und ging dem Jungen nach. Lange Zeit führte er mich durch Korridore für die Dienerschaft. Schließlich stiegen wir eine enge Treppe zu einer ebenso engen Tür hinauf. Das Zimmer dahinter war prachtvoll eingerichtet. Wände und Fenster waren mit Teppichen und Gardinen geschmückt. Ein weiterer Teppich bedeckte die glänzenden Bodendielen. Goldene Ornamente glitzerten an zwei wunderbar geschnitzten Stühlen, einem Tisch und an einer Anrichte.

„Warte hier", sagte der Page und ließ mich allein. Meine Beine waren schwer, und ich hätte mich zu gerne hingesetzt. Aber da ich nicht wusste, warum ich hier war und wer kommen würde, blieb ich stehen. Ich musste fast eine halbe Stunde warten, bevor sich die Zimmertür öffnete und eine majestätische Dame hereinschwebte. Ihre Augenbrauen hoben sich, als sie mich bemerkte.

„Wer bist du?" Bevor ich antworten konnte, winkte sie. „Oh, ich erinnere mich. Die Empfehlung des Hofmarschalls. Weißt du, warum du hier bist?"

Sie hatte mir genügend Hinweise gegeben, also nickte ich.

„Es wäre mir eine Ehre, als Zofe der zukünftigen Königin zu arbeiten."

„Mitdenkerin, das ist gut." Sie betrachtete mich von Kopf bis Fuß. „Bist du nicht ein wenig alt für eine solche Position?"

„Wenigstens steche ich so die Dame nicht aus. Außerdem habe ich Erfahrung mit Cremes und Salben, Tinkturen und Parfüms, die dafür entwickelt wurden, das Interesse eines Mannes zu erhalten." Ich hatte während meiner Reisen viel gelernt und wollte diese Stelle unbedingt. Es schien mir angebracht, ein wenig anzugeben. „Einige Zeit arbeitete ich für Königin Beatrice von Südland." Es war eine großartige Referenz, eine, die sie sogar prüfen konnte, wenn sie wollte. Sie würde nie erfahren, dass ich die Königin nicht persönlich kennengelernt hatte.

„Schön, schön." Sie fächerte sich mit ihrem Spitzenfächer Luft zu. „Ich sehe da nur ein kleines Problem mit der Loyalität."

„Eure Majestät, ich bin loyal bis zum Tod." Ich verbeugte mich, um mein schiefen Grinsen zu verstecken. Loyal war ich, aber meine Loyalität würde stets bei meinen Kindern und ihrem Vater liegen.

„Warum hast du dann Königin Beatrices Hof verlassen?"

„Wie ihr vielleicht noch nicht gehört habt, ist sie letztes Frühjahr verschieden." Ich betrachtete die Frau vor mir. Was würde sie hören wollen? Schmeicheleien? Ihr tadelloses Make-up brachte mich auf eine Idee. „Der Geschmack ihrer Nachfolgerin war beleidigend. Ich zog es vor, ihren Dienst schnellstmöglich zu verlassen." Es war leicht, in die verdrehte Art höfischer Konversation zurückzufallen. Ich verbeugte mich erneut.

„Ich erwarte, stündlich über das Verhalten meiner Schwiegertochter informiert zu werden. Ich schicke einen Vertrauten." Die Königin sank auf einen Diwan und fächelte stärker. „Du wirst morgens um sechs Uhr anfangen. Wähle die Kleidung, die meine Schwiegertochter tragen wird, damit sie sich nicht blamiert, und halte eine rückfeuchtende Salbe für ihre Haut bereit. Wir werden sehen, wie gut du das kannst."

Die Tür ging auf, und Ellie sah herein.

„Du brauchst mich, Mutter?"

Ich schoss herum und hätte sie beinahe umarmt, als mir klar wurde, dass sie nicht mit mir geredet hatte, sondern mit der Königin.

„Ich habe dir eine neue Zofe ausgesucht, Liebes." Die Königin winkte Ellie einzutreten. „Hier ist sie."

Ellie betrachtete mich für einen Moment kritisch mit schiefgelegtem Kopf. Dann lächelte sie, und in meinem Herzen ging die Sonne auf. Sie vertrieb das Leid der letzten drei Jahre.

„Es ist mir ein Vergnügen, Euch kennenzulernen." Sie knickste. Ich atmete aus und bemerkte erst jetzt, dass ich die Luft angehalten hatte. Eigentlich sollte ich darüber glücklich sein, dass sie mich nicht erkannt hatte. Ich wäre sonst in Schwierigkeiten.

„Mann knickst nicht vor Dienern, Liebes." Eisige Kälte durchzog mein Herz, als ich bemerkte, wie die Königin Ellie ansah. Dann wandte sie sich an mich. „Du siehst, dass sie eine Menge lernen muss. Geh jetzt in das Zimmer deiner neuen Herrin, während ich meine Schwiegertochter in die Feinheiten höfischer Etikette einweihe." Sie entließ mich mit einer Handbewegung.

Widerwillig ließ ich Ellie zurück, obwohl ich sie lieber von dort weggezerrt hätte. Vorerst war ich dazu verdammt, zu beobachten. Ich wusste nicht genug über Ellies und Tobis Leben. Waren sie immer noch wütend auf mich? Der Einzige, der ihnen alles erklären konnte, war Daniel. Ich musste also bis zum nächsten Vollmond warten, bevor ich mich zu erkennen geben konnte. Ich beschloss, mich darüber zu freuen, dass Ellie mich nicht erkannt hatte. In Gedanken versunken und mit einer Mischung aus Angst und Hoffnung im Herzen, kehrte ich in die Küche zurück, um die Köchin darüber zu informieren, dass ich nicht länger für sie arbeitete.

Am nächsten Morgen war ich auf, bevor der Hahn krähte, und schlüpfte in meine neue Uniform. Sie war um einiges wärmer als meine eigenen Sachen. Zuversichtlich machte ich mich auf den Weg zu Ellies Gemächern, musste aber mehrere Nachtwächter nach dem Weg fragen, bevor ich sie fand.

Vor der Tür zu Ellies Zimmer stand ein schlanker Mann in einer dunkelblauen Livree und wartete auf mich. Er kam mir bekannt vor, wenn ich auch nicht sagen konnte, wo ich ihn getroffen hatte.

„Ich bin Siberius, der persönliche Assistent der Königin." Er sprach mit einer weichen und sehr leisen Stimme. Sie wärmte mein Herz und machte mir trotzdem Angst. „Ich werde Euch viermal täglich treffen, um Nachrichten über des Königs Ehefrau zu meiner Herrin zu bringen." Er machte sich nicht die Mühe, auf eine Antwort zu warten, und ging. Was für ein seltsamer Kerl. Ich fragte mich, was er sonst so für die Königin tat.

Ich betrat Ellies Zimmer und schlich mich auf Zehenspitzen an meiner schlafenden Tochter vorbei. Während ich mich mit meinen morgendlichen Pflichten beschäftigte, versuchte ich erfolglos, zu entscheiden, ob ich Siberius mochte oder nicht. Nachdem ich Ellies Kleid bereitgelegt hatte, stand ich eine Weile neben ihrem Bett und betrachtete sie. Ihr Gesicht strahlte vor Glück, und ich fühlte mich an die Zeit erinnert, als ich sie noch in den Schlaf gesungen hatte. Tränen füllten meine Augen. Ich blinzelte sie fort und schluckte, bevor ich wieder an die Arbeit ging.

Ellie wachte so früh auf wie immer, aber anstatt aufzustehen, öffnete sie ein Buch und las. Ich fragte, ob ich ihr beim Ankleiden behilflich sein sollte.

„Noch nicht. Die Diener haben das Frühstück sowieso noch nicht fertig. Kannst du lesen?", fragte sie.

Ich wusste, dass die meisten Menschen das nicht konnten, also formulierte ich meine Antwort vorsichtig.

„Ein wenig."

„Ich habe es als Kind gelernt, aber wir hatten nie genug Bücher. Im Schloss gibt es eine ganze Bibliothek. Da sind hunderte von Büchern. Ich werde lange brauchen, um sie alle zu lesen. Würde es dir etwas ausmachen, in einer Stunde wiederzukommen?"

„Das ist eine leichte Aufgabe." Ich verbeugte ich. Sie kicherte. Oh, wie ich dieses Geräusch vermisst hatte.

„Sei nicht so steif. Ich hasse diese verdrehte Sprache bei Hof, und ich mag es noch weniger, wenn sich Leute vor mir verbeugen. Besonders wo wir Freunde sein werden, oder nicht?" Sie strahlte mich über den Rand ihres Buches an. Mein Herz schmolz und verstopfte meine Kehle, so dass ich nur nicken konnte. Warum dauerte es noch so lange bis zum nächsten Vollmond?

Eine Stunde später kehrte ich mit einer kleinen Schale Hautreiniger zurück. Ellie war bereits aufgestanden und trug das hellblaue Kleid, das ich für sie bereitgelegt hatte. Sie war noch schöner als früher – ich fand, dass sich ihre innere Schönheit jetzt auch außen zeigte. Als ich das Hautpflegemittel auftrug, öffnete sich die Tür, und ihr Ehemann trat ein, gefolgt von Siberius. Hinter ihnen hüpfte Tobi herein. Bevor irgendjemand etwas sagen konnte, bemerkte er mich. Er schnupperte und seine Augen weiteten sich. Mit wütendem Blöken griff er mich an. Er senkte das Gehörn und rannte direkt auf meinen Bauch zu. Ich sprang im letzten Moment zur Seite, aber er drehte sich schneller um als mein müder Körper. Sein Gehörn zerriss den Ärmel meines neuen Kleids.

„Tobi! Hör auf. Sofort!" Ellies Schrei drang durch das Pochen in meinen Ohren.

Erneut wendete er und stürzte auf mich zu. Zu müde, um zu fliehen, konzentrierte ich mich auf sein Gehörn. Ein Reh war klein. Tobi reichte mir kaum bis an die Hüfte. Es konnte nicht allzu viel Kraft in seinem Angriff stecken. Es war das Gehörn, das ihn gefährlich machte. Ich hoffte das Beste und packte es, als er mir nahe kam. Er buckelte, und ich hätte beinahe den Halt verloren. Ich hatte seine Wut und Kraft unterschätzt. Er warf mich herum, als wäre ich nichts weiter als eine Stoffpuppe. Ich wagte nicht loszulassen. Ein braun-grüner Fleck sprang ihn von der Seite an. Tobi fiel um und zog mich mit sich zu Boden. Schnaufend lag ich neben dem König und hielt das Gehörn immer noch umklammert.

„Du kannst jetzt loslassen", sagte er, und sein Lächeln war so wunderbar wie Ellies. Tobi wand sich und versuchte sich zu befreien, aber der König presste ihn zu Boden.

Es fiel mir schwer, loszulassen, aber es gelang mir. Ich erlaubte Ellie, mir in eine sitzende Position zu helfen. Dann beugte ich mich vor und sah tief in Tobis Augen.

„Was passiert ist, tut mir leid", sagte ich. „Ich verspreche bei den Kräften, die die Welt bewegen, dass ich ihr kein Haar krümmen werde. Bitte erlaube mir, mich zu entschuldigen."

Das war deutlich genug, dass er es verstand, und vage genug, dass die anderen keinen Verdacht schöpfen würden. Tobi hörte sofort auf, sich zu wehren. Allerdings war mir noch nie ein Reh begegnet, das so wütend guckte. Mit zitternden Knien stand ich auf. Ellie versuchte, mich zu stützen, aber ich schob sie zur Seite.

„Es ziemt sich nicht für eine Prinzessin, ihrer Zofe zu helfen. So nett es auch gemeint ist, es bringt mich nur in Schwierigkeiten", flüsterte ich ihr zu.

Sie trat mit einem kurzen Nicken zurück.

„Bitte kümmere dich jetzt weiter um mein Gesicht." Sie setzte sich wieder auf ihren Stuhl. „Heinrich, Liebling, du kannst Tobi jetzt loslassen. Ich bezweifle, dass er noch einmal angreifen wird."

„Glaubst du nicht, wir sollten ihn für eine Weile ins Freie bringen?" Der König stand auf, ließ aber Tobis Halsband nicht los. Als der Rehbock nicht versuchte sich loszureißen, seufzte er. „Ich frage mich, was ihn so wütend gemacht hat. Er hat noch nie jemanden angegriffen."

„Das ist nichts Ungewöhnliches, Majestät." Siberius verbeugte sich. „Ich kenne mehrere Förster, die männliche Rehe aufgezogen haben, und weiß daher, dass sie sich früher oder später gegen ihre Pfleger wenden. Sie jagen oder töten jeden, den sie als Bedrohung empfinden."

„Tobi ist anders. Er wird niemandem etwas tun. Wirst du nicht, nicht wahr?" Ellie drehte sich ein wenig zur Seite, was es schwierig machte, die Creme aufzutragen. „Du wird doch ein gehorsamer Bruder sein, oder?"

Tobi ging zu ihr, den König an der Seite, und kuschelte sich an ihren rechten Arm. Der König beugte sich zu ihr hinab und küsste sie sanft. Ich zwang mich, nicht hinzusehen. Dieser Augenblick war zu privat.

Siberius schien jedoch kein Taktgefühl zu haben. Er redete einfach weiter.

„Es wäre sicher eine sinnvolle Maßnahme, den Bewegungsraum des Rehbockes einzuschränken."

„Tobi ist mein Bruder, und ich werde nicht zulassen, dass man ihn einsperrt." Mit einem Ruck setzte sich Ellie aufrecht hin. Ich zog meine Schale und das Tuch so schnell es ging zurück.

„Er könnte den König verletzen."

„Das würde er nie tun." Ellies Lippen wurden schmal, und ihre Nasenflügel bebten.

„Wie könnt ihr das mit solcher Gewissheit behaupten, junge Frau?"

Ellies Mund öffnete und schloss sich, aber kein Wort kam heraus.

Mit hochrotem Kopf griff der König ein.

„Achte darauf, was du sagst, Siberius. Wenn meine Frau sagt, dass Tobi so etwas nicht noch einmal tun wird, reicht mir das. Der Rehbock bleibt."

„Wie Ihr wünscht." Siberius verbeugte sich, und mir wurde kalt, als ich den Blick bemerkte, den er dem König zuwarf.

Heinrich drehte sich zu seiner Frau um. „Trotzdem glaube ich, dass es besser ist, wenn ich Tobi erst einmal in den Hof zurückbringe. Dort kann er sich beruhigen. Später sprechen wir über alles, mein Herz."

Die Restenergie eines Zaubers durchdrang meine Haut, und meine Augen wurden groß. Siberius benutzte Magie gegen den König? Also war er die Hexe, na ja, der Hexer. Ich verbarg meine Magie noch gründlicher als vorher. Es wäre besser, wenn ich unentdeckt bliebe. Es konnte sein, dass ich die einzige Hilfe war, die Ellie und Tobi hatten, falls es dicke kam. Wenn man von Siberius Blicken ausging, mochte er Ellie kein bisschen.

Der König führte Tobi aus dem Zimmer, und Siberius folgte ihnen. Er grinste hinter ihrem Rücken. Als sie fort waren, warf sich Ellie aufs Bett und weinte. Ich setzte mich neben sie und mein Herz litt mit ihr.

„Tobi kommt bald wieder", versuchte ich sie zu trösten, aber ihr Schluchzen ging weiter.

Sie sprach unter Tränen.

„Nein. So was wie das hier ist schon vorher passiert. Ich hatte einmal eine Zofe, Mairy. Sie war meine Freundin – die einzige, die ich hatte – und er hat sie fortgeschickt. Dieser schleimige Diener zwingt ihm eine Idee auf, und die Königin nervt ihn so lange, bis er es tut. Es ist, als wäre er nicht Herr seines eigenen Willens. Und diesmal werden sie mir Tobi wegnehmen."

„Hast du nie versucht, den Fluch deines Bruders zu brechen?"

Ellies Weinen hörte schlagartig auf. Sie setzte sich hin und starrte mich an.

„Woher weißt du von dem Fluch?"

Ich lächelte und antwortete nicht. Nach langem Schweigen schnäuzte sich Ellie und erzählte.

„Tobi war mein Held, als wir durch den Alten Wald reisten. Obwohl er damals erst elf war, passte er auf, dass mir nichts Böses geschah. Er jagte einen Wolf davon und wachte des Nachts, damit ich schlafen konnte. Ohne ihn hätte ich es nie geschafft.

Eines Tages kamen wir an einem Bach vorbei. Wir waren sehr durstig, aber der Bach flüsterte uns zu: ‚Wer aus mir trinkt, wird ein Wolf.' Also entschieden wir uns, durstig zu bleiben. Bald fanden wir einen kleinen Teich, aber das Wasser flüsterte: ‚Wer aus mir trinkt, wird ein Wildschwein.' Da tranken wir wieder nicht. Aber als wir eine klare Quelle fanden, konnte ich Tobi nicht länger zurückhalten. In dem Augenblick, als das Wasser seine Lippen berührte, wurde er zum Rehbock." Sie starrte geistesabwesend vor sich hin. „Selbst dann passte er noch auf mich auf. Er führte mich zu einer Hütte am Waldrand und zeigte mir Beeren und andere essbare Pflanzen. Wenn ich traurig war, brachte er mich zum Lachen. Nachts stellte er sicher, dass die Hütte gut verschlossen war, dann verschwand er. Ich wusste nicht einmal warum, aber er bestand darauf.

Eines Morgens kehrte er mit einem Jäger auf den Fersen zurück. Der Jäger war Heinrich. Obwohl er mir meine Geschichte nie geglaubt hat, kam er jeden Tag vorbei und brachte mir Lebensmittel, Kleidung und Zeugs, das ich nicht brauchte. Wir verliebten uns ineinander. Am Ende überzeugte er mich, mit ihm zu gehen, um zu heiraten. Es war ein echter Schock, als ich herausfand, dass der König ist." Ellie sah zu mir auf. „Ich fühle mich wie eine Verräterin. Wie kann ich so glücklich sein, wenn Tobi immer noch ein Rehbock ist?"

„Das Leben geht für uns alle weiter, und er schien mir nicht unglücklich", sagte ich. „Übrigens habe ich gehört, dass selbstlose Liebe Flüche aus dem Alten Wald brechen kann."

„Glaubst du, ich hätte es nicht versucht? Ich habe sein felliges Gesicht mindestens tausend Mal geküsst." Tränen liefen ihr über die Wangen, aber wenigstens schluchzte sie nicht mehr. „Als Heinrich und ich das Königreich bereisten, hörte ich von einer alten Frau, von der es hieß, sie sei eine Hexe. Wir besuchten sie unter einem Vorwand. Als niemand zuhörte, fragte ich sie, warum Tobi sich nicht zurückverwandelte, wenn ich ihn küsste. Sie meinte, es läge daran, dass ich seine Schwester sei. Sie weiß aus Erfahrung, dass Familienmitglieder keine Flüche aus dem Alten Wald brechen können. Nicht einmal meine Stiefmutter könnte das, wenn sie hier wäre."

Mir wurde das Herz schwer. Da ich meine Kinder sehr liebte, hatte ich gehofft, den Fluch aufheben zu können. Ich legte meine Hand auf ihr Knie und streichelte es. Dabei zwang ich meine Stimme, ruhig und beherrscht zu klingen. „Ich werde einen Weg finden, ihn ins Schloss zu schmuggeln. Es geht nicht an, dass Geschwister so getrennt werden."

„Das würdest du für uns tun?" Ihre Augen waren riesig. Ich sehnte mich sehr danach, sie in die Arme zu nehmen und ihre Tränen fortzuküssen. Der Erdbeerduft ihrer Haare schnürte mir die Kehle zu. Darum nickte ich und floh.

Ich ging in die Küche hinunter. Die Mägde kannten allen Klatsch und Tratsch, und so wusste ich bald, wohin Tobi gebracht worden war. Ich fand ihn unbeaufsichtigt in einem Gatter im Obstgarten. Er stand unter einem Apfelbaum und wirkte verloren und traurig.

„Tobi." Ich erstickte beinahe an dem Namen. „Es tut mir leid. Ich wollte nie, dass das passiert."

Er wandte mir den Rücken zu.

„Ich möchte mich entschuldigen", sagte ich, aber er drehte sich nicht um. Ich schluckte meine Trauer herunter und konzentrierte mich auf das gegenwärtige Problem. „Ich brauche deine Hilfe, um Ellie zu beschützen. Der Assistent der Königin, Siberius, versucht, sie zu isolieren. Was ist, wenn er sie töten will?"

Tobi schoss herum und sprang so dicht an den Zaun wie er konnte. Er blökte. Ich verstand ihn nicht, wusste aber, was er meinte.

„Ich würde auch alles tun, um sie sicher zu wissen." Ich wischte über mein Gesicht, aber die Traurigkeit ließ sich nicht vertreiben. „Ich bin hier aufgewachsen und kenne viele versteckte Winkel, auch wenn ich das eine oder andere vergessen haben mag. Es gibt Geheimgänge in diesem Schloss. Sie sind eng und vermutlich ziemlich dreckig, aber sie führen zu deiner Schwester."

Tobi blökte erneut.

„Na dann komm." Ich öffnete das Törchen im Gatter und führte ihn zur Nordseite des Schlosses. Eine nahezu unsichtbare Tür war hinter einem Busch in die Mauer eingelassen. Eine dünne Schicht Steine verdeckte das Holz, sodass sie aussah wie die Wand. Ich hatte kein Problem, den Mechanismus zu öffnen. Während meiner Kindheit hatte ich ihn als beste Freundin des Kronprinzen oft genug benutzt.

In den engen Gängen war es so staubig und voller Spinnweben, wie ich vermutet hatte. Überraschenderweise erwachte eine Reihe Lichter an den Wänden zum Leben, als wir eintraten. Ich staunte über sie, denn es waren nicht die üblichen Gaslampen, sondern Lichter, die mit gezähmten Blitzen angetrieben wurden. Wer hatte sie hier angebracht? Die einzige Person, die außer mir diese Korridore gekannt hatte, war der verstorbene König gewesen. Aus dem Gefühl der Tradition heraus öffnete ich die Kiste, in der wir früher Kerzen aufgehoben hatten. Sie war leer – bis auf einen Brief, der mit dem königlichen Siegel verschlossen und an mich adressiert war. Mir drehte sich der Magen um, aber ich nahm ihn. Bevor ich ihn öffnen konnte, stupste Tobi meinen Rücken an.

„Du hast Recht", sagte ich. „Ich bringe dich zuerst zu Ellie." Ich führte ihn durch die Gänge in den Wänden und ein paar Treppen hinauf. Zweimal bog ich falsch ab; ich war eben lange nicht mehr hier gewesen. Schließlich standen wir vor der

Holztür zu Ellies Schlafzimmer. Durch das Guckloch stellte ich sicher, dass sie alleine war. Ich öffnete die Tür, und Tobi hüpfte hindurch. Er tanzte um seine Schwester herum, die Mühe hatte, ihren Freudenschrei zu unterdrücken.

Nachdem ich den Dreck beseitigt hatte, den Tobi und ich aus den Geheimgängen mitgebracht hatten, erinnerte ich sie daran, Tobi zu verstecken, falls jemand kam. Dann ging ich. In meinem Zimmer zog ich den Brief hervor. Ich kannte die weiträumige Schrift. Mein Freund, der verstorbene König Eduard, hatte es offensichtlich für nötig gehalten, mir über sein Grab hinaus etwas mitzuteilen. Das musste wichtig sein. Mit zitternden Fingern zerbrach ich das Siegel.

Liebste Isabel,

wenn Du dies liest, bin ich vermutlich tot. Zu den Gründen kommen wir in einer Minute. Denke nicht, dass ich Dich vergessen hätte. Du warst immer in meinem Herzen und wirst es immer sein. Nur weil ich aus politischen Gründen zur Heirat gezwungen war, heißt das nicht, dass ich Dich nicht wahrhaft geliebt hätte. Es ist diese Liebe, die mich jetzt nach Dir greifen lässt. Tief in meinem Herzen weiß ich, dass Du eines Tages zurückkehren wirst, und ich bete zu welchem Gott auch immer, dass es bald sein wird, da ich nicht nach Dir suchen kann. Der Grund dafür ist mein nahender Tod. Ich bin mir sicher, dass es für alle wie ein natürlicher Tod aussehen wird. Allerdings wurde ich mit Hilfe eines furchtbaren Fluchs ermordet.

Als meine Braut zur Hochzeit anreiste, brachte sie eine entsetzliche Kreatur mit sich. Das wusste ich natürlich zuerst nicht, denn das Wesen sah wie ein Mensch aus. Mit jedem Monat, der verstrich, wurde ich müder. Zuerst schob ich es auf die ehelichen Pflichten, die ich zusätzlich zu den anstrengenden Aufgaben eines Königs ausüben musste. Doch als sich der Bauch meiner Königin rundete und diese Pflicht endete, wurde mir klar, dass dies keine normale Erschöpfung war. Also zwang ich mich eines Nachts, wach zu bleiben, und versteckte mich oben auf meinem Schrank, um zu sehen, was da nicht stimmte. Was ich entdeckte, ließ mir das Blut in den Adern gefrieren.

Ein zwergenhaftes Monster betrat mein Zimmer und suchte mein Bett ab. Es hatte keine Augen, aber eine sehr lange Zunge. Damit durchsuchte es das Zimmer gründlich. Zum Glück untersuchte es das obere Ende meines Schrankes nicht. Als es mich nicht finden konnte, trat es durch die Tür in die Räume meiner Gattin. Ich kletterte von meinem Hochsitz herunter, nahm mein Schwert und folgte ihm, so leise ich konnte. Ich entdeckte das Wesen, wie es sich von meiner Frau ernährte. Es hatte seine entsetzlich lange Zunge tief in ihren Mund gesteckt und entzog ihr Lebenskraft. Ich schaudere noch heute, wenn ich bedenke, dass es dasselbe mit mir getan haben muss.

Ohne nachzudenken, griff ich an. Ich durchtrennte die Zunge, als sie aus dem Körper meiner Frau rutschte, und sprang vor, um die Kreatur zu töten. Doch das blinde Monster schoss mir einen kleinen Pfeil entgegen, und mir wurde schwarz vor Augen. Ich erinnere mich nur noch daran, dass mein Schwert tief in seine Schulter schnitt und dass ich mich darüber wunderte, dass meine Frau nicht erwachte. Am nächsten Morgen gab es keine Spur mehr von dem Monster. Es gab nicht einmal Blut am Boden. Denk Dir meine Überraschung, als sich der Lieblingsdiener meiner Frau wegen Schmerzen in der Schulter krank meldete.

Ich besuchte ihn mit zahllosen Fragen im Kopf und schickte die anderen Diener fort. Als ich sein Zimmer durchsuchte, fand ich die Zunge. Sie schlängelte sich aus seiner Truhe wie ein Lebewesen, und er lachte mich aus. Doch er hörte auf zu lachen, als ich die Zunge packte und ins Feuer warf. So wie sie sich vor Schmerzen wand, so quälte sich die Kreatur im Bett. Sie flackerte zwischen ihrem menschlichen und dem monströsen Körper hin und her. Als die Zunge nur noch Asche war, lag das Wesen still. Sein Körper war menschlich. In diesem Moment hätte ich ihm den Kopf abschlagen sollen. Stattdessen beugte ich mich über das Wesen, da ich dachte, es sei tot. Doch es öffnete die Augen und verfluchte mich. Es war ein starker Fluch. Ich spürte, wie mir *die Magie in die Glieder fuhr. Dann lachte das Monster wieder und versprach mir, dass ich den Tag nicht mehr erleben würde, an dem es meine Königin zu seiner Puppe machen würde. Es versprach, dasselbe mit meinem Sohn zu tun und mit dem ganzen Königreich.*

Ich weiß, dass ich verloren bin. Ich bin beinahe zu schwach, den Stift zu halten. Bald wird es mich nicht mehr geben. Bitte, Isabel, Du bist die einzige Person, an die ich mich wenden kann. Ich vertraue Dir das Leben meiner Frau und das meines Sohnes an. Hilf meinem Königreich.

Die einzige Belohnung, die ich Dir dafür geben kann, ist mein Herz, was Dir schon so lange gehört.

Bitte lass mich nicht im Stich.
Auf immer Dein.

Eduard

Ich lehnte mich zurück und atmete tief durch. Wenn ich der Beschreibung Glauben schenkte, war Siberius ein Seelentrinker aus dem Alten Wald, ein so genannter Krungor. So ein Wesen war entsetzlich schwer zu töten, da es Lebenskraft und Magie trank wie wir Wasser, und weil es sein Aussehen ablegte wie wir unsere Kleidung. Ich fragte mich, wie es ihm gelungen war, sich der Königin anzuschließen. Vielleicht hatte es zuerst so getan, als wäre es ein niedliches Tierchen, während es mit jedem Schluck Lebenskraft stärker und besitzergreifender wurde. Mit einem Mal war ich sehr froh, dass ich meine Kräfte so gut versteckt hatte. Leider war ich trotz meiner Reisen keine Kämpferin. Meine Stärke war stets die Magie gewesen, und eine Kreatur wie er würde das mit einem Augenzwinkern zu einem Nachteil machen. Um ihn zu besiegen, brauchte ich einen Krieger … oder einen Mechaniker, aber die waren in diesem Königreich rar gesät.

Den Rest des Tages sah ich mich immer dann nach einem potentiellen Kämpfer um, wenn ich nicht in Ellies Räumen gebraucht wurde. Doch sie waren alle mit den Befehlen der Königin beschäftigt. Oft genug entdeckte ich Siberius' herablassendes Lächeln, wenn der den adeligen Herren Befehle der Königin überbrachte, als wären sie einfache Diener. Auch behandelte er loyale Wachen, als wären sie Säufer aus den Gossen der Stadt. Ich entdeckte Hass in ihren Gesichtern, doch jeder, den ich als potentiellen Helfer in Betracht zog, wandte die Augen ab und tat, was der Assistent der Königin verlangte. Da ich jetzt aufmerksam beobachtete, merkte ich, wie sich Loyalität langsam in Missbilligung und Unzufriedenheit verwandelte. Wenn Siberius noch ein Jahr so weitermachte, würde das Königreich in einem Blutrausch untergehen. Ich fragte mich, ob es das war, an dem er arbeitete. Einige Kreaturen aus dem Alten Wald wurden sehr ungehalten, als sie die Magie schwinden sahen – und wenn Eduards Beschreibung korrekt war, war Siberius eindeutig eine Kreatur aus dem Alten Wald.

Nach meinem letzten Ausflug zum Trainingsplatz der Palastwache kehrte ich entmutigt zu Ellie zurück. Schweigend half ich ihr in ihr Abendkleid, während sie meinen Einfallsreichtum lobte und Tobi streichelte.

„Ich bin sehr froh, dass du hier bist", sagte sie. „Es ist so schön, bei Hof eine Freundin zu haben."

Ohne zu antworten, flocht ich ihre goldenen Locken, so wie ich es früher getan hatte. Meine Finger zitterten. Ich musste sie einfach beschützen, sie und Tobi. Vielleicht würde Daniel mir helfen können. Es waren nur noch ein paar Nächte bis zum Vollmond.

„Warum bist du so still?" Ellie versuchte, sich umzudrehen, aber ich schob sie sanft zurück, um kein Haar aus dem Zopf zu verlieren. Dies war ein guter Zeitpunkt, um zu sehen, wie sie empfand. Also antwortete ich mit ein wenig Wahrheit.

„Ich sorge mich um meine Kinder. Das ist es, was Mütter tun."

„Meine nicht!" Ellies Antwort kam ohne Pause. Ihre Stimme war so flach wie die Kiesel, die sie früher über unseren Fischteich geschnippt hatte.

„Wann hast du sie zuletzt gesehen?"

„Wir … Ich bin vor drei Jahren ausgerissen und froh darüber." Ihre Worte schnitten mir in die Seele, bis mein Herz blutete.

„Vielleicht sucht sie nach dir, verzweifelt und außer sich vor Sorge."

„Das glaube ich kaum."

„Warum?" Ich versuchte, meine Frage möglichst unschuldig klingen zu lassen, obwohl ich sehr auf ihre Antwort gespannt war. Ich hielt die Luft an und befestigte die letzten Strähnen ihrer Locken an ihrem Zopf.

Lange Zeit sagte Ellie gar nichts. Sie starrte mich nur im Spiegel an. Ich wagte nicht, zu lange zu ihr zu gucken, also beschäftigte ich mich mit Haarnadeln, Bürsten und Cremes. Das Boudoir musste sowieso in Ordnung gebracht werden, bevor ich Feierabend machen konnte. Obwohl ich mit dem Rücken zu ihr stand, spürte ich, wie sie sich auf ihrem Hocker umdrehte und mich ansah. Angst, Hoffnung und Sorge mischten sich mit dem Pochen des Herzschlags in meinem Hals. Schließlich sprach sie so leise, dass ich ihre Worte kaum verstand.

„Wenn meine Stiefmutter wirklich nach mir sucht, dann nur, damit sie mich umbringen kann, so wie sie meinen Vater umgebracht hat." Sie wandte sich ab und sagte in einem normaleren Tonfall: „Lass uns nicht mehr darüber reden. Mein Mann wird jede Minute hier sein, und er beschützt mich vor allem Übel. Wir müssen Tobi verstecken."

Während ich ihr half, ihren Bruder durch die Geheimtür zu bugsieren, tröstete ich mich. Daniel würde alles erklären. Bald war Vollmond. Ich musste nur Geduld haben.

Ein paar Tage später, kurz vor Anbruch der Nacht, schnappte ich mir die Tasche mit meiner Maschine und machte mich auf den Weg in den Garten. Ich hatte mir bereits vor ein paar Tagen ein entlegenes Plätzchen gesucht, das nie jemand aufsuchte, ganz besonders nicht des Nachts. Dort angekommen wartete ich auf die Dunkelheit. Es gab so vieles, was ich mit Daniel besprechen musste, dass ich die Regler auf die höchste Stufe schob, die ich mich zu benutzen traute. Als das Mondlicht den Kristall aktivierte, seufzte ich erleichtert. Daniels geliebtes Gesicht sah mich an. Aber was war das? Sein Blick ging an meiner Schulter vorbei.

„Hallo Tobi. Wie ich sehe, hat sie dich endlich gefunden."

Ich drehte mich um, und mein Mund klappte auf. Tobi stieß einen Laut aus, der wie eine Mischung aus Miauen und Blöken klang.

„Natürlich nicht. Auch wenn sie eure Stiefmutter ist, eine Mörderin ist sie nicht. Dafür hat sie mich viel zu sehr geliebt." Daniel schien Tobi gut zu verstehen. „Jetzt lass mich bitte mit Isabel sprechen. Wir haben nicht viel Zeit. Die Maschine schluckt zu viel ihrer Lebenskraft."

Unfähig, auch nur ein Wort zu sagen, starrte ich ihn an, während er fortfuhr.

„Isabel, du musst diese Maschine zerstören, bevor sie dich umbringt. Du brauchst all deine Kraft, um Ellie zu beschützen. Der Krungor wird seinen Plan in die Tat umsetzen, sobald ihr Kind geboren ist."

„Ihr Kind?" Meine Stimme war rau und hakte.

„Obwohl sie es noch nicht weiß, trägt sie den Erben des Königreichs unter dem Herzen. Bitte, zerstöre die Maschine. Du musst dringend Kraft sammeln."

Mit einem Mal tauchte Eduards Gesicht neben ihm auf, und mein Herz setzte einen Schlag aus.

„Pass gut auf mein Enkelkind auf", sagte er. „Du bist die einzige Person im ganzen Königreich, die dazu in der Lage ist.

Immerhin ist es dir als Einzigem gelungen, Magie und Technik zu vereinen."

Es war nicht nötig, ihn daran zu erinnern, wie hoch der Preis dafür gewesen war. Ich zwang mich dazu, die Hand auszustrecken. Meine Finger wehrten sich gegen den Befehl, den ich ihnen gab. Die Gesichter der beiden Männer, die ich liebte, lächelten mich an und machten es unmöglich, die Maschine auszuschalten. Tobi stupste mich zärtlich an, und meine Finger legten endlich den Schalter um. Das unwirkliche Glühen des Kristalls verebbte, und mit ihm verblassten die beiden Gesichter. Ich kämpfte gegen die Verzweiflung, bis etwas Weiches meine Wange berührte. Ich hob einen Arm, streichelte Tobis Nacken und ließ meinen Tränen freien Lauf.

Die Zeit flog nur so vorbei, und ich war dazu verdammt zu beobachten, ohne handeln zu können. Tobi und ich bewachten Ellie des Nachts und während der Tageszeiten, in denen König Heinrich nicht da war. In meiner Freizeit tat ich mein Bestes, um die Wogen der Unzufriedenheit zu glätten, die Siberius aufrührte. Im fünften Monat von Ellies Schwangerschaft zog der König in ihre Gemächer ein, was Tobis und meine Aufgabe um einiges leichter machte. Trotzdem sahen wir in regelmäßigen Abständen bei ihnen hinein, um sicherzugehen, dass sie nicht von dem Krungor besucht wurden.

Jedes Mal, wenn sich der Mond rundete und durch mein Fenster schien, spürte ich die Maschine nach mir rufen, denn ich hatte nicht die Kraft, sie zu zerstören. Daniel war so nah und doch so fern. Ich suchte Frieden in der zärtlichen Art, wie sich Heinrich um Ellie kümmerte. Als er entdeckte, dass er Vater werden würde, tanzte er vor Freude wie ein kleines Kind. Er lief sogar auf Händen, bis ihn der missbilligende Blick seiner Mutter zwang, sich an seine Pflichten zu erinnern und die Neuigkeit dem Hof mitzuteilen.

Wenn es möglich war, beobachtete ich auch Siberius und die Königin. Dem Monster ging es prächtig, aber die Mutter des Königs wirkte mit jedem Monat etwas eingefallener. Ich tat, was ich konnte, um sie zu beleben, und schmuggelte meine Kräuter in ihre Speisen, wenn die Köche nicht hinsahen. Es reichte kaum, um sie am Leben zu halten. Bald würde ich eine größere Menge Magie in sie fließen lassen müssen. Doch im Moment traute ich mich das nicht, da Siberius es sofort bemerken würde. Also schwieg ich und wartete auf den richtigen Augenblick.

Eines Tages, ich war auf dem Weg zurück aus der Stadt, wo ich Kräuter gekauft hatte, nahm mich der Hofmarschall in seinem Dampfwagen mit. Er schien sehr besorgt. Als ich ihn danach fragte, schwieg er lange Zeit. Ich dachte schon, er wolle gar nicht antworten, als er sprach.

„Die Bevölkerung bewaffnet sich. Sie sind wegen der steigenden Zahl toter Haustiere beunruhigt. Viele beschuldigen die Frau des Königs, eine Hexe zu sein, und meinen, sie sei schuld am Tod der Tiere. Sie befürchten, dass sie das ganze Königreich in dem Augenblick leeren wird, in dem sie zur Königin gekrönt wird. Da sie den königlichen Erben trägt, wird das bald passieren. Ich befürchte das Schlimmste." Er warf mir einen Blick zu. „Ich habe darüber bisher mit niemandem außer dem Hauptmann der königlichen Leibwache gesprochen. Bitte verzeiht, dass ich Euch meine Sorgen aufhalse."

„Mir ist die steigende Unzufriedenheit auch aufgefallen", sagte ich. „Da ich für die Frau des Königs sorge, ist es richtig, dass Sie sich an mich gewandt haben. Ich werde im Ernstfall wahrscheinlich keine große Hilfe sein, aber ich wache, so gut ich kann, über den König, seine Frau und das ungeborene Kind."

„Stellen Sie Ihr Licht nicht unter den Scheffel. Jemand, der durch den Alten Wald gewandert ist, ohne zu sterben, kann mehr, als man ihm ansieht." Ein Hauch von Hoffnung huschte über das Gesicht des Hofmarschalls, als er mich erneut ansah. Dann rollten wir auf den Schlosshof, und die Gelegenheit zu sprechen war beendet. Ich dankte ihm fürs Mitnehmen und wandte mich zum Dienstboteneingang. Zwei breitschultrige Männer gingen vor mir und trugen zwei große Kisten. Sie schwitzten, also waren die Kisten offensichtlich schwer. Ich überholte sie und machte mich auf den Weg zurück zu Ellies Gemächern. Als sie denselben Weg einschlugen, begann ich mich zu wundern. Also schlüpfte ich nur kurz in Ellies Vorzimmer, um die Kräuter zur Seite zu legen, und folgte den beiden Männern dann sofort.

„Du meine Güte. Ich frage mich, was die Königin da bestellt hat", sagte der Eine.

„Geht uns nichts an." Der Andere hob seine Kiste über seinen Kopf und rückte sie auf seiner anderen Schulter zurecht. Dabei – ein glücklicher Zufall für mich – stieß sie gegen eine der Gaslampen, die in regelmäßigen Abständen an der Wand angebracht waren. Das Paket riss ein wenig auf und ein kleines, glänzendes Objekt fiel heraus. Mit leisem Klingeln landete es auf dem Boden, doch die beiden Männer schnauften zu sehr, um es zu bemerken. Sie gingen einfach weiter. Da ich nun wusste, dass die Königin die Kisten bestellt hatte, blieb ich zurück und hob das glänzende Ding auf. Als ich mich aufrichtete, starrte ich auf ein kleines Zahnrad aus Messing auf meiner Handfläche. Wofür brauchte die Königin so etwas? So sehr ich mir den Kopf zerbrach, ich verstand es nicht. Tobi auch nicht, also beachteten wir dieses Rätsel vorerst nicht weiter und fuhren mit unserer Überwachung fort.

Vier Monate später, am Tag vor dem Vollmond, gebar Ellie einen Sohn. Da ich meine Maschine neun Monate lang nicht benutzt hatte, fühlte ich mich ausgeruht und voller Magie. Heute Nacht war die erste der drei Nächte, in denen der Mond genug Licht für meine Maschine abgeben würde. Ich würde sie benutzen, um Daniel und Eduard wissen zu lassen, dass sie jetzt Großväter waren.

Kaum war das Zimmer aufgeräumt und der Säugling einge-wickelt und in Ellies Armen, schickte die Hebamme nach der Königin und dem König. Er war so schnell da, dass er direkt vor der Tür gewartet haben musste.

„Mein Herz." Er beugte sich über seine Frau und küsste ihre Stirn. Dann betrachtete er das Kind. Seine Augen glänzten vor Bewunderung. Seine Stimme fiel zu einem Flüstern herab. „Ist er nicht wunderbar? Sieh nur, wie klein seine Finger sind."

Die Königin schlurfte herein, wobei sie ihr ganzes Gewicht auf einen Stock stützte wie eine alte Frau. Sie wirkte müde, aber wenigstens zufrieden. Und sie war ohne Siberius gekommen. Ich fragte mich, warum.

„Habt ihr schon eine Amme gefunden?", fragte sie ihren Sohn.

König Heinrich starrte sie zornig an. „Wir haben darüber gesprochen, Mutter. Ellie wird ihr Kind selbst füttern."

„Eine Dame von edlem Geblüt sollte sich nicht so weit herablassen." Verachtung stand im Gesicht der Königin.

„Denk doch nur, um wie viel mehr er uns lieben wird, wenn ich für ihn da bin und nicht jemand, den er nicht kennt." Ellie lächelte sie mit ehrlicher Freude an.

„Er kennt sowieso noch niemanden." Die Königin schnaufte abfällig, aber Ellie ließ sich nicht beirren.

„Er ist unter meinem Herzen gewachsen. Ich bin mir sicher, dass er den Schlag kennt." Sie küsste die fluffigen Haare auf dem Kopf des Prinzen. Wie sehnte ich mich danach, ihn auch einmal in den Arm zu nehmen, aber ich zwang mich, still zu stehen.

Die Tür ging auf und Tobi trat mit erhobenem Haupt ein. Mit zwei eleganten Sprüngen stand er neben dem Bett und betrachtete seinen Neffen.

Die Königin warf die Hände in die Höhe und rief: „Wachen! Weg mit ihm! Sofort!" Ihre Stimme trug durch die Tür bis in den Flur.

„Nein!" Die Stimme des Königs stoppte die Wachen. „Er ist der Liebling meiner Frau und darf das Kind sehen, solange er will. Dies soll für alle ein Freudentag sein."

„Er trägt Krankheiten ins Haus. Du bringst deinen eigenen Erben in Gefahr." Trotz ihrer Empörung hob die Königin nicht die Stimme.

„Wir haben das ausgiebig diskutiert. Er kann bleiben. Das ist mein letztes Wort, Mutter." Der König stand auf und führte seine Mutter aus dem Zimmer. Obwohl ich sie nicht ausstehen konnte, tat sie mir leid, da sie offensichtlich große Schwierigkeiten hatte, auf den Beinen zu bleiben. Siberius schien einen großen Teil ihrer Lebenskraft verbraucht zu haben. Wahrscheinlich reichten die Tiere in der Stadt nicht aus, um ihn zu sättigen. Mir kam eine Idee. Was würde passieren, wenn ich ihn einschließen würde? Es gab da ein winziges Zimmer in den Geheimgängen, groß genug für ein Wesen wie ihn, wo nie jemand vorbeikommen würde. Das würde seinen schlechten Einfluss auf die Königin sicherlich brechen und die Tiere in der Stadt retten. Die Menschen würden ihre Sorge bald vergessen und sich darüber freuen, dass Ellie einem königlichen Erben das Leben geschenkt hatte. Die Rückkehr des Königs riss mich aus den Gedanken.

„Wir müssen über seine Taufe und deine Krönung reden, mein Herz." Er setzte sich wieder aufs Bett neben sie und nahm ihr den Säugling ab.

„Bald, Liebster." Ellie stand die Liebe zu ihm ins Gesicht geschrieben. „Lass mich nur erst baden. Ich rede lieber, wenn mein Körper nicht ganz so verschwitzt ist."

Ohne Befehl eilte ich ins Badezimmer und fütterte das Feuer unter dem großen Kessel. Es würde eine Weile dauern, das lauwarme Wasser aufzuheizen. Ich nutzte die Zeit, um die hölzerne Wanne mit einem Leinentuch auszukleiden, damit sich Ellies zarte Haut keine blauen Flecken oder Splitter einfing. Danach legte ich Handtücher, Puder, Parfüm und Ellies rotes Kleid zurecht. Als das Wasser warm genug war, füllte ich die Wanne.

Ich gab etwas parfümierte Seife und Rosenblütenblätter hinzu, bevor ich Ellie holte. König Heinrich blieb bei dem Kind und schob alle Bitten und Fragen der Minister, Adeligen und Diener beiseite, die ihm zugetragen wurden. Tobi bewachte beide.

So sanft ich konnte, half ich Ellie ins Wasser. Sie seufzte, als sie den Kopf gegen den Rand lehnte, und schloss die Augen. Ich sehnte mich danach, sie in den Arm zu nehmen. Stattdessen beschäftigte ich mich mit unnötigen Aufräumarbeiten. Als Ellie zu mir sprach, hörte ich auf und drehte mich zu ihr um.

„Ich wünschte, du wärst meine Mutter", sagte sie. Mein Herz hüpfte vor Freude, und ich musste mir auf die Zunge beißen, um nicht mit der Wahrheit herauszuplatzen. Heute Nacht würde ich Daniel fragen, ob er ihr selbst erklären würde, was in seiner Todesnacht geschehen war – damals war auch Vollmond gewesen. Hoffentlich reichten seine Worte, um ihr klar zu machen, dass ich niemals jemandem hatte schaden wollen.

Ellies Stimme unterbrach meine Gedanken.

„Würde es dir sehr viel ausmachen, mir mein blaues Kleid zu holen? Ich würde es heute lieber tragen als das rote."

„Gar nicht." Ich eilte aus dem Badezimmer und durchsuchte ihren Kleiderschrank nach dem blauen Seidenkleid und dem passenden Band, dem Schmuck und der Krinoline. Als ich mich umdrehte, bemerkte ich, wie der König geistesabwesend Tobi streichelte, während er seinen schlafenden Sohn betrachtete. Sein Lächeln reichte beinahe von einem Ohr zum anderen. Ich verstand, warum sich Ellie in ihn verliebt hatte. Er wäre selbst dann der Richtige für sie gewesen, wenn er der Sohn eines Köhlers gewesen wäre.

Ich ging zurück zum Badezimmer, wo ich gegen die Tür prallte. Holla! Ich schob Kleid und Zubehör auf einen Arm, wodurch ich die rechte Hand freibekam, und drückte auf die Klinke. Die Tür bewegte sich nicht. Ich runzelte die Stirn. Wer hatte sie abgeschlossen? Ich ließ die Sachen fallen und drückte mit all meiner Kraft gegen die massive Eichentür. Ganz langsam öffnete sie sich, und ich atmete erleichtert auf. Niemand hatte sie abgeschlossen; sie war nur verzogen. Und kein Wunder. Das ganze Zimmer war voller Dampf. Hatte ich vergessen, den Kessel vom Feuer zu ziehen? Ich huschte durch den Nebel und öffnete ein Fenster, um ihn abziehen zu lassen. Als ich die Sachen holen ging, stand Ellie bereits neben der Wanne und presste ein Handtuch gegen den Körper. Ich half ihr, sich abzutrocknen und anzuziehen.

„Beeil dich", sagte sie, als sie sich hinsetzte, damit ich ihre Haare richten konnte. Ich glättete die Strähnen und wunderte mich darüber, dass ihre Stimme so viel rauer klang als vorher. In der kurzen Zeit konnte sie sich doch nicht erkältet haben, oder? Ihre Haare fühlten sich auch seltsam an, mehr wie Stroh, und ihre Haut war wie Sandpapier an meinen Fingern, obwohl sie glatt und perfekt aussah. Ich hatte ihre Haare kaum fertig, als sie schon aufsprang und das Bad ohne ein Lächeln oder ein paar freundliche Worte verließ. Das war gar nicht ihre Art. Ich blieb zurück, dachte über ihre Unfreundlichkeit nach und sammelte die Handtücher ein, um sie über das Holzgestell neben dem Feuer zu hängen. Plötzlich kribbelte mein Nacken, als ob mich jemand beobachten würde. Mit halb geschlossenen Augen durchsuchte ich den Raum … Leer!

Ganz vorsichtig tastete ich mit einem winzigen Fädchen meiner Magie um mich. Es war ein seltsames Gefühl, sie nach so vielen Jahren wieder aktiv einzusetzen, aber mein Widerwille verschwand, als ich den Raum mit ihrer Hilfe betrachtete. Spuren von Magie und Technik hingen in der Luft. So hatte sich mein Arbeitszimmer angefühlt, als Daniel und ich die Maschine fertiggestellt hatten. Jemand hatte Magie und Technik kombiniert, und da es hier keine Hexen und Zauberer gab, musste es Siberius gewesen sein. Ich saugte meine Magie in mich zurück und hoffte, dass er sie noch nicht bemerkt hatte. Mit einem Mal machten die Kisten mit Zahnrädern und Metall, die in die Gemächer der Königin getragen worden waren, eine Menge Sinn.

Ich eilte hinter Ellie her, voll Sorge, dass Siberius ihr irgendein magisch geladenes Gerät untergeschoben hatte. Sie saß neben der Wiege, schaukelte sie leicht und lächelte Heinrich an. Tobi lag auf einem Stapel alter Säcke in einer Zimmerecke und bewachte die Königsfamilie. Alles schien ganz normal, trotzdem war ich vor Sorge ganz kribbelig. Ich wusste, dass irgendetwas nicht stimmte, obwohl ich meinen Finger noch nicht darauf legen konnte. Was mich zögern ließ, war, dass Tobi nichts Ungewöhnliches bemerkt zu haben schien.

Den Rest des Tages beschäftigte ich mich immer in Ellies Nähe. Sie zog sich früh mit der Entschuldigung zurück, sie sei von der Geburt erschöpft. Das hätte mich beruhigen sollen. Stattdessen wuchs meine Sorge. An jenem Abend fütterte sie den Säugling nicht, obwohl ich sie erinnerte.

„Ich bin zu erschöpft. Hol doch fürs Erste eine Amme, damit sie nach meinem Sohn sieht." Sie legte sich hin und schloss die Augen, ohne unser übliches Gespräch über den Tag zu beginnen. Dies war eindeutig nicht meine Ellie. Da war ich mir ganz sicher. Ich musste mit Daniel sprechen, und das nicht nur über seinen Enkel.

Drei Stunden später befand ich mich in meinem Zimmer neben dem Stall. Ich hatte es gewählt, weil es dicht am Schlosstor lag. Ich hasste die Idee, unter dem Dach bei den anderen Dienern zu wohnen, und der Hofmarschall war so freundlich gewesen, mir meinen Wunsch zu erfüllen. Durch die Fensterscheiben konnte ich den aufgehenden Mond sehen. Ich war ein Nervenbündel.

Tobi stand neben mir, während ich mit zitternden Fingern die Maschine einstellte. Zweimal war er aus Ellies Schlafzimmer geschickt worden. Das war der Beweis, dass es Siberius gelungen war, meine Tochter auszutauschen. Ellie hätte sich niemals freiwillig von Tobi getrennt, nicht einmal des Nachts. Es sah so aus, als hätte Siberius eine mechanische Frau gebaut und sie mit Magie so aussehen lassen, als wäre sie Ellie.

Meine Maschine brummte, und ich spürte, wie der übliche Kopfschmerz begann. Doch das Gesicht, das in der Kristallkugel erschien, war nicht Daniels. Es war auch nicht Eduards. Es war Ellies. Ich spürte, wie mir das Blut in den Adern gefror, und stolperte zu einem Stuhl.

„Ellie. Was hat dir Siberius angetan?" Meine Stimme war heiser, und ich konnte meine eigenen Worte kaum verstehen, so heftig dröhnte mein Herz.

„Hallo Tobi. Hallo Mutter." Ihr Lächeln war so schön wie immer. „Warum hast du mir denn nicht gesagt, dass Vater gestorben ist, weil er die Maschine benutzt hat?"

Ich wischte mir über das Gesicht, um mich einzukriegen, aber es dauerte noch eine Weile, bevor ich meine Stimme wieder benutzen konnte.

„Ich wusste nicht, warum ihr fortgelaufen wart. Das begriff ich erst vor ein paar Monaten."

„Da hättest du es mir sagen müssen."

„Das wollte ich ja, aber mir kam der Zeitpunkt unpassend vor." Obwohl ich ihr Bedürfnis verstand, meine Motive nachvollziehen zu wollen, hatten wir jetzt wichtigere Probleme. „Bitte, Liebes, erzähl mir, was passiert ist."

„Ich bin mir nicht ganz sicher." Ellie runzelte die Stirn. „Ich erinnere mich daran, dass jemand etwas in mein Badewasser träufelte, und dann wurde mir kalt – furchtbar kalt. Ich hatte das Gefühl, ich wäre aus Eis. Dann war da ein enger Gang mit Mauersteinen und die Hände von jemandem auf meinen Schultern, bevor alles schwarz wurde."

„Hat er dich gezwungen, irgendetwas zu schlucken?" Ich beugte mich vor, die Fäuste geballt, was ich kaum bemerkte.

„Ich … Ich glaube nicht, aber sicher bin ich mir nicht."

Ich seufzte. Wenn Siberius ihr wirklich kein Gift verabreicht hatte, war es gut möglich, dass ihr lebloser Körper in einem

Versteck lag und nur auf den Uneingeweihten tot wirkte. Auf eine perverse Art machte das Sinn. Da seine Zunge verbrannt war, musste Siberius eine andere Methode entwickelt haben, um einer Person die Lebenskraft zu rauben. Das zwang ihn vermutlich dazu, der Person sehr nahe zu kommen. Wahrscheinlich wäre es für ihn wünschenswert, wenn Ellie betäubt, aber am Leben wäre.

„Wie geht es meinem Sohn?" Ellie unterbrach meinen Gedankengang. „Und Tobi? Passt Heinrich gut auf beide auf?"

„Er tut sein Bestes." Ich log, weil ich ihr nicht von dem Doppelgänger erzählen wollte. „Kann ich bitte mit dem Vater deines Mannes reden?"

Ellies Augenbrauen hoben sich. „Warum willst du mit ihm reden, wenn Vater direkt neben mir steht?"

Meine Kopfschmerzen wurden schlimmer. Sie puckerten im Rhythmus meines Herzschlags. Ich wusste, dass ich nicht mehr viel Zeit hatte.

„Er kennt die Geheimgänge besser als jeder andere in diesem Schloss. Ich brauche seine Hilfe, damit ich dich retten kann, und ich bin mir sicher, dass es Daniel lieber ist, dich leben zu sehen, als mit mir zu sprechen."

Widerwillig trat Ellie beiseite, und Eduards Gesicht erschien. Wie in unserer Kindheit kam er direkt auf den Punkt. „Was musst du wissen?"

„Gibt es einen Zugang zu den Geheimgängen aus Ellies Badezimmer?"

„Es gibt Gänge, die die königlichen Gemächer miteinander verbinden. Sie sind unabhängig von den anderen Gängen. Deshalb bin ich so gut wie nie da gewesen. Ich weiß nicht mehr, ob die Badezimmer Türen hatten. Das müsste ich nachsehen. Wirst du so lange durchhalten?" Er schien zu merken, dass es mir nicht gut ging.

Also lächelte ich und nickte, was ich sofort bereute. Mein Kopf fühlte sich an, als ob ihn jemand spalten wollte. Ich presste die Lippen zusammen und wartete, bis er verschwunden war, bevor ich die Augen schloss. Mit einem Seufzer wurde ich ohnmächtig.

Als ich wieder zu mir kam, war der Mond längst untergegangen, und die Sonne stand hoch am Himmel. Ich benutzte ein paar der schlimmsten Schimpfwörter, die ich kannte. Warum hatte mein blöder Körper nicht noch ein paar Minuten länger durchhalten können? Ich stand auf, war aber so schwindelig, dass ich mich sofort wieder setzen musste. Ich erwartete, dass Tobi mich anstupsen würde. Als seine kalte Nase nicht meine Wange berührte, sah ich mich genauer um. Er war nicht mehr da. Ich runzelte die Stirn. Ob er bei dem kleinen Prinzen war? Es wäre sicher keine gute Idee, ihn schutzlos zu lassen. Ich schloss die Augen, legte meine Stirn auf die Arme und diese auf meine Knie und atmete tief durch, bis ich mich besser fühlte. Nach einiger Zeit konnte ich ohne allzu große Probleme aufstehen. Ich schnappte mir meine Tasche mit den Kräutern, die ich sicher brauchen würde, wenn ich Ellie fand, und verließ mein Zimmer. Selbst ohne Eduards Hilfe sollte ich in der Lage sein, eine Geheimtür zu finden. Die Verschlüsse waren immer die gleichen. Bevor ich den Schlosshof erreichte, erfüllte panisches Blöken die Luft.

Tobi! Ich rannte, bevor der Gedanke ganz angekommen war. Wie einer dieser neumodischen Dampfmaschinenzüge in den südlichen Ländern raste ich durch die Ställe, über den Hof und in den Garten. Ein stämmiger Mann in der Kleidung der königlichen Wache hielt Tobi fest, der sich aus Leibeskräften wehrte. Ein zweiter hob eben einen Dolch.

„Stopp!", schrie ich, denn ich war noch zu weit weg, um etwas zu tun. „Hände weg von meinem Sohn!"

Der zweite Soldat rammte Tobi das Messer in die Brust.

„Nein!" Ich rannte noch schneller und krachte mit aller Kraft in den Mörder. Dabei ließ ich ein ganz klein wenig Magie frei, und er flog durch die Luft wie eine Stoffpuppe. Er knallte mit dem Kopf gegen einen nahen Baum und stürzte bewusstlos zu Boden. Der stämmige Soldat wurde blass und ließ Tobi zu Boden gleiten.

„Befehl der Königin. Tut mir leid." Er eilte aus dem Garten, ohne sich nach seinem Kameraden umzusehen.

Ich kniete mich neben meinen Sohn und hielt seinen Kopf auf meinem Schoß. Obwohl er noch atmete, verebbte sein Leben. Seine Augen öffneten sich, und er sah mich an. Er blökte zitternd, und endlich verstand ich ihn.

„Ich liebe dich, Mutter", hatte er gesagt.

Meine Augen füllten sich mit Tränen. Ich musste doch etwas tun können! Da fiel mir das Wasser aus dem Einhornteich ein. Mit fliegenden Fingern durchwühlte ich meine Tasche. Da war die Phiole. Ich wickelte sie so schnell aus, wie ich konnte, zog den Stöpsel heraus und goss etwa die Hälfte in den Mund meines geliebten Sohnes. Er bespritzte sich, schluckte aber genug. Vorsichtig zog ich den Dolch aus seiner Brust und presste eine Hand auf die Fontäne aus Blut, die plötzlich aus der Wunde schoss. Die Kraft der Einhornmagie floss stärkend durch Tobis Körper und kribbelte in meinen Handflächen. Ich fügte meine eigene Magie hinzu und freute mich über das Kribbeln in meiner Hand. Die Blutung stoppte, die Wunde schloss sich, und Tobi atmete wieder leichter. Seine Augen schlossen sich, aber ich wusste, dass er auf dem Wege der Besserung war. Was ich nicht genau einschätzen konnte, war, wie lange es dauern würde. Einhornmagie war unberechenbar. Manchmal wirkte sie im Bruchteil einer Sekunde, zu anderen Zeiten dauerte es Monate oder gar Jahre.

Vorsichtig verschloss ich die Phiole wieder, wickelte sie ein und steckte sie in meine Tasche zurück. Dann hob ich Tobi auf und trug ihn in mein Zimmer. Viele schüttelten den Kopf, als ich an ihnen vorbei ging. Sicherlich wunderten sie sich, warum ich ein scheinbar totes Tier so sanft trug, als wäre es ein krankes Kind. Ich lächelte grimmig. Für den Anschlag auf Tobis Leben würde Siberius bezahlen, und sollte es mich auch das Leben kosten.

Frisch gewaschen und in meinem alten Kleid versiegelte ich die Tür zu meinem Zimmer mit einem starken Zauber. Es gab keinen Geheimgang in den Stall, da das Gebäude viel jünger als der Rest des Schlosses war. Niemand würde zu Tobi gelangen, während er sich erholte, aber ich konnte nicht bei ihm bleiben. Ich musste Ellies Körper finden und sehen, ob ich etwas tun konnte, um sie zurückzuholen. Über der Schulter trug ich die Maschine und meine Tasche, während ich zu Ellies Gemächern ging. Der König saß neben Ellies Bett und streichelte die Hand der Doppelgängerin. Die falsche Ellie lag blass und krank in den Kissen. Ich presste die Lippen zusammen. Eine Amme saß in einer Ecke des Raums und bewachte den kleinen Prinzen in seiner Wiege.

„Eure Majestät." Ich verbeugte mich steif und ging am Bett vorbei zur Badezimmertür.

„Willst du uns verlassen?", fragte mich König Heinrich. „Ellie wird darüber sehr traurig sein, wenn es ihr besser geht."

Ich drehte mich um und fragte mich, ob ich ihm die Wahrheit sagen sollte, aber die würde er mir sicher nicht glauben.

„Ich muss meine Sachen zusammen sammeln, und das kann eine Weile dauern", sagte ich, wodurch ich einer Antwort auf seine Frage auswich.

„Lass dir so viel Zeit, wie du brauchst. Aber komm bitte, um dich zu verabschieden. Du hast meiner Liebsten so viel Freude gemacht, ich möchte dich entsprechend belohnen."

Ich drehte mich um und biss mir auf die Lippe. Er war so ein feiner Schwiegersohn. Ellie hatte gut gewählt. Als ich die Tür öffnete, fiel mir etwas ein, das ich tun konnte. Vielleicht würde das alles ein wenig ins rechte Licht rücken. Erneut drehte ich mich um und sah die falsche Ellie mit geschlossenen Augen an. Mit meinem Hexenblick erkannte ich die Magie sofort, obwohl sie ganz anders aussah als die, die ich kannte. Sie wand und schlängelte sich durch den mechanischen Körper der Doppelgängerin wie schwarzer Rauch. Einige Ableger streckten sich nach dem König und dem Kind aus, hatten sie aber noch nicht erreicht. Es war eindeutig eine bösartige Form von Magie. Das spürte ich in den Knochen. Ohne das geringste Bedauern begann ich, sie an mich zu ziehen. Je mehr ich zog, desto mehr Zahnräder und Schrauben wurden sichtbar. Es gab auch ein paar echte Knochen und etwas Gewebe, kaum sichtbar für meinen Hexenblick. Als ich darüber nachdachte, welche Opfer Siberius für diese … diese Widerlichkeit wohl benutzt hatte, hätte ich mich am liebsten übergeben. Stattdessen zerrte ich weiter an der Magie.

„Stimmt etwas nicht?" Die Stimme des Königs störte meine Konzentration.

„Diese Frau ist nicht Ellie", sagte ich, ohne die Augen zu öffnen. Ich zog immer noch an der schwarzen Magie. Da es mir zu gefährlich schien, sie in die Luft zu entlassen, saugte ich sie ein. Das Ding auf dem Bett begann zu jammern. Seine Arme und Beine zuckten unkontrolliert. Ich konnte meine Augen jetzt nicht öffnen, aber ich hörte, wie der König mit einem Schrei aufsprang. Also musste von der Verwandlung jetzt endlich etwas zu sehen sein. Ich zog noch stärker, und das Gewebe aus schwarzer Magie und Mechanik löste sich auf. Ich fühlte mich großartig. Als ich das letzte bisschen schwarze Magie aufgesaugt hatte, verstaute ich sie vorerst in meinem Bauch. Ich musste sie unbedingt von meinem Herzen fern halten, koste es, was es wolle. Dann erst öffnete ich die Augen wieder.

Mit dem Schwert in der Hand stand der König schützend neben der Wiege. Die Amme hatte das Bewusstsein verloren. Sein Blick huschte von mir zum Bett und zurück, als wisse er nicht, wen er zuerst angreifen sollte. Im Bett lag ein Haufen aus Schrauben, Zahnrädern, Fleisch und Knochen, der vage an einen

Menschen erinnerte. Er war komplett mit einem rötlich-braunen Zeug überzogen, das an geronnenes Blut erinnerte.

„Siberius hat Eure Frau gegen das Ding ausgetauscht." Meine Stimme war heiser und voll Wut. „Ja, ich bin eine Hexe. Ich bin außerdem die Stiefmutter Eurer Ehefrau, und jetzt werde ich gehen, um sie zurückholen, falls sie noch lebt." Ich drehte mich endgültig um und marschierte ins Bad. Methodisch suchte ich die Wände ab und klopfte, wo immer ein Geheimgang enden konnte.

„Glaubst du, hier gibt es irgendwo einen Geheimgang?" Der König war mir gefolgt, aber ich war für eine Antwort zu beschäftigt. Ich grunzte nur und klopfte weiter gegen Steine. Wortlos half er mir. Ich bemerkte aber, dass er sein Schwert nicht losgelassen hatte. Gut. Das würde uns ein wenig Zeit verschaffen, wenn Siberius auftauchte. Ich zweifelte keine Sekunde daran, dass er das tun würde. Sicherlich hatte er gespürt, wie seine Kreatur zerfiel. Ich schubste die schwarze Magie erneut von meinem Herzen weg. Wenn ich sie nicht bald loswurde. würde sie meine Magie überwältigen.

„Ich habe etwas gefunden", rief der König. Ich markierte die Stelle, an der ich aufhörte, und ging zu ihm hinüber. Meine Finger glitten über die glatte Oberfläche des Steins, während mein Blick durchs Fenster fiel. Draußen dämmerte es bereits, und der erste, schwache Schimmer des aufgehenden Mondes erfüllte den Horizont. Wenn ich zu spät kam, um meine Tochter zu retten, konnte ich Heinrich wenigstens ein letztes Mal mit ihr reden lassen.

Meine Finger berührten den verborgenen Hebel. Ich zog daran und eine Tür schwang auf. Der Kiefer des Königs klappte herunter.

„Ich hatte keine Ahnung, dass es hier so etwas gibt."

„Euer Vater hätte es Euch sagen können, wenn er überlebt hätte." Ich marschierte durch die Öffnung und erschuf ein Licht, das auf meiner Hand tanzte. Es würde zu lange dauern,

Kerzen oder Fackeln zu holen. Ein warmer Luftzug verriet mir, dass mir der König folgte. Ich ging einen schmalen Gang entlang, den ich noch nie zuvor gesehen hatte. Es war wohl der, der zu den königlichen Gemächern führte. Diese Gänge hatte Eduard stets gemieden, als wir noch durchs Schloss getobt waren. Als ich eine Abzweigung erreichte, fiel mein Licht auf blasse, weiße Haut. Ich ließ das Licht schweben und eilte zu der zusammengesunkenen Person am Boden. Es war Ellie, und sie war nackt. Ein Knoten aus Eis in meinem Herzen ließ mich mit einer Hand auf ihrer Schulter und halb über sie gebeugt erstarren.

Mit einem Keuchen fiel der König neben ihr auf die Knie. Er zog sie auf seinen Schoß und schaukelte schweigend vor und zurück. Tränen liefen ihm übers Gesicht. Ich zwang mich, mich auf das zu konzentrieren, was ich tun konnte. Ich hockte mich neben das Paar und nahm eine von Ellies Händen, durch die ich ein paar Fäden aus Magie ihren Arm hinauf schickte. Das Zittern von Leben an der Stelle, wo ihr Herz saß, schmolz das Eis in meiner Brust. Sie mochte zwar im Moment nicht lebendig sein, aber tot war sie auch nicht. Ich schob den König zur Seite und hob meine nackte Tochter hoch.

„Ich möchte sie tragen." Heinrich legte eine Hand auf meinen Arm, aber ich schüttelte den Kopf.

„Siberius wird jede Minute hier sein, und es ist beinahe Nacht, also wird er in seiner wahren Gestalt erscheinen. Wir werden Euer Schwert brauchen."

„Seine wahre Gestalt?"

Ich erklärte es ihm so knapp wie möglich. Dann führte uns der König mit gezogenem Schwert zurück ins Schlafzimmer, während ich Ellie trug. Ich erwartete, dass uns Siberius an einer passenden Stelle angreifen würde. Seltsamerweise tat er das nicht. Die Amme kam eben wieder zu sich, als wir das Zimmer betraten. Kreischend rannte sie davon. Der König holte eine

Decke aus einer Kiste am Fußende des Bettes, und ich wickelte Ellie hinein, bevor ich sie in den Sessel der Amme setzte.

„Unser Sohn … Wie soll ich ihm das alles erklären?" Die Stimme des Königs zitterte.

Bevor ich ihn warnen konnte, packte jemand – nein, etwas – seinen Arm. Eine Zunge, so lang wie mein Bein, schoss auf sein Gesicht zu, aber Heinrich drehte sich im letzten Moment zur Seite. Siberius lachte und versuchte es noch einmal. Ich fragte mich, woher er wusste, wohin er zielen musste. Schließlich hatte er in seiner wahren Gestalt keine Augen, mit denen er sehen konnte.

„Ich brauche keinen von euch, um das Königreich zu regieren", sagte das Monster. Seine Zunge klatschte gegen Heinrichs Stirn, aber dessen Schwert fuhr in seinen Arm. Heinrich riss sich los und stolperte mit zitternden Knien rückwärts. Er musste sich an der Wand abstützen und hatte Schwierigkeiten, sein Schwert zu heben.

„Zu spät. Das Gift wird dich töten, so wie es deine Frau getötet hat." Das Monster lachte und drehte sich zu mir um. „In wenigen Minuten ist er kein Problem mehr, aber du … ich habe dich schon so lange gespürt, aber nie konnte ich deinen genauen Aufenthaltsort bestimmen. So viel Liebe verdirbt mir die Sicht, weißt du?"

Schlagartig wurde mir klar, wie er sehen konnte. Es musste so ähnlich sein wie mein Hexenblick. Na, dagegen konnte ich etwas tun. Ich stand stocksteif mit dem Gesicht zu ihm und verteile die schwarze Magie in einer dünnen Schicht direkt unter meiner Haut.

Der Kopf des Monsters fuhr suchend herum. „Du kannst dich vor mir verbergen? Das ist interessant. Es wird dich allerdings nicht retten. Und wenn ich erst all deine Magie absorbiert habe, wird mir dein Talent ebenso gehören wie deine Seele."

„Auf keinen Fall." Ich ging auf Zehenspitzen um ihn herum und sah zu, wie er schnüffelte, sich in Kreis drehte und die Luft mit seiner widerlich langen Zunge testete. Als ich Heinrich erreichte, zitterte er heftig, und Schweiß stand ihm auf der Stirn. Ich berührte die Hand mit dem Schwert, doch es kostete ihn viel Kraft, es loszulassen. Ich lächelte.

„Ich lasse ihn nicht gewinnen", flüsterte ich und ließ dabei das Monster nicht aus den Augen.

Ich hatte nicht erwartet, dass die Zunge so schnell sein würde. Ich hatte gerade genug Zeit, zurückzutreten. Instinktiv schwang ich die Klinge in einem Bogen aufwärts. Sie fuhr ohne großen Widerstand durch die Zunge. Das glitschige Teil landete auf meinem Arm. Voll Widerwillen schüttelte ich sie ab. Der Schrei der Kreatur ließ mir das Blut in den Adern gefrieren. Ich schleuderte die schwarze Magie von mir und wickelte Siberius darin ein wie in eine Decke. Er saugte sie sofort auf, was mir aber genug Zeit gab, seinen sich windenden Körper zu erreichen. Ich stieß das Schwert dorthin, wo bei einem Menschen das Herz gewesen wäre. Dann schlug ich ihm den Kopf ab und hackte seinen Körper, so gut ich konnte, in Stücke. Erst danach ließ ich das Schwert fallen. Um ganz sicher zu gehen, sammelte ich die blutigen Stücke in eine weitere Decke und trug sie ins Badezimmer, wo ich sie zusammen mit viel Holz auf das Feuer stapelte. Der Krungor brannte schneller und heißer, als ich erwartet hatte. Erst als das letzte Stück des Monsters in Flammen aufging, entspannte ich mich. Ich lehnte mich gegen die Wand und atmete tief durch. Meine Muskeln verkrampften, und ich glitt zu Boden. Als ich Heinrich im Schlafzimmer stöhnen hörte, kämpfte ich mich auf die Füße und ging so schnell zu ihm, wie mich meine zitternden Beine trugen.

Meine Finger fanden das Fläschchen mit dem Einhornwasser ohne Probleme. Ich flößte ihm etwas weniger als die Hälfte dessen ein, was noch übrig war. Dann hockte ich mich neben Ellie und füllte ihren Mund mit fast dem ganzen Rest. Ich musste ihr sanft die Kehle massieren, bevor sie schluckte. Für mich blieb nur ein winziges Schlückchen übrig. Wahrscheinlich war das nicht genug, aber das spielte keine Rolle mehr. Ich streckte die Arme aus und sandte meine Magie durch unsere drei Körper als Leuchtfeuer für die zärtlich wilde Magie des Einhornwassers. Ich spürte, wie sich Heinrich fast sofort erholte. Wenig später schnappte Ellie nach Luft und begann normal zu atmen. Mit einem Lächeln auf den Lippen sank ich zu Boden. Mein Kopf schlug in dem Moment auf den Dielen auf, als die Tür aufsprang.

Zuerst sah ich nur nackte Füße und Beine in zerrissenen Hosen. Obwohl die Dunkelheit langsam mein Sichtfeld einschränkte, wanderte mein Blick den Körper eines kräftigen, jungen Mannes hinauf. Sein Gesicht war eine Kopie von Daniels. Hinter meinem Sohn erkannte ich die auf einen Stock gestützte Königin, umgeben von Wachen und neugierigen Dienern.

„Tobi!" Ellies Stimme war voll Überraschung und Liebe.

Tränen des Glücks stiegen in meinen Augen auf. Es spielte keine Rolle, ob mich das Einhornwasser in meinem Blut heilen würde oder nicht. Meine Kinder waren in Sicherheit. In dem kleinen Feld, das die Dunkelheit noch nicht erobert hatte, sah ich, wie sich Tobi neben mich hockte.

„Ich liebe dich, Mutter." Tränen liefen ihm über das Gesicht. Wenn ich dazu in der Lage gewesen wäre, hätte ich sie ihm abgewischt, so wie früher, als er noch klein war.

„Zerstöre meine Maschine." Meine Stimme war so leise, dass ich fürchtete, er hätte sie nicht gehört, aber er antwortete.

„Das mache ich. Versprochen."

„Du darfst nicht sterben." Ellie hockte sich neben ihren Bruder, in die Decke gewickelt, mit ihrem Kind im Arm und Heinrich an ihrer Seite. „Nicht jetzt. Wir haben uns doch gerade erst wiedergefunden."

Ich wusste nicht, ob ich leben oder sterben würde. Wie gesagt, die Wirkung von Einhornwasser ist schwer vorherzusagen, aber das war mir egal. Ich lächelte, so gut ich konnte, und erlaubte der Dunkelheit, sich über mir zu schließen.

Ein Kribbeln. Warme Lippen auf meinen. Ich öffnete die Augen und starrte direkt in Daniels wunderbare braune Augen.

„Ich habe so lange auf dich gewartet, mein Herz", flüsterte er.

„Du hast dir ganz schön Zeit gelassen, herzukommen, nicht wahr?" Eduard schwebte direkt hinter Daniel. „Wie lange wirst du bleiben?"

BONUS: STERNENTALER

Elisa packte den Arm ihres Bruders. In ihren Augen schwammen Tränen.

„Bitte, Gert, geh nicht. Mutter wäre das nicht recht."

„Beim Vogt ging doch alles gut, oder etwa nicht?" Von seinem gedankenlosen Schlag getroffen, taumelte sie rückwärts und stolperte über einen Hocker. Als sie mit dem Hintern auf den Boden prallte, schoss der Schmerz ihre Wirbelsäule hinauf wie Feuer. Tränen liefen ihr übers Gesicht.

„Aber es ist gegen das Gesetz." Elisa wischte die Feuchtigkeit beiseite und kämpfte sich auf die Füße. Ihr Bruder war so viel älter, größer und stärker als sie. Wie sollte sie ihn da zurückhalten? „Willst du Mutter wirklich unglücklich machen?"

„Sie is' tot, Dussel." Er warf sich den Rucksack über die Schulter und ging auf die Tür ihrer zugigen Hütte zu. „Und wir brauchen was zum Essen."

„Ich kann arbeiten gehen."

„Niemand nimmt eine Zwölfjährige in Dienst. Nicht für den Lohn, den wir verlangen müssten. Nein, der Turm des verrückten Grafen ist die bessere Alternative. Denk nur daran, wie viele ‚Erfindungen' er schon in die Luft gejagt hat. Der stinkt wahrscheinlich vor Geld." In seinen Augen leuchtete etwas, das Elisa für Gier oder Abenteuerlust hielt. Sie hatte dasselbe gesehen, als er ausgezogen war, um das preisgekrönte Schwein des Vogts zu stehlen.

„Bitte! Ich flehe dich an. Um der alten Zeiten willen." Erneut packte sie Gerts Arm. Diesmal schlug er härter zu. Sie landete vor dem wackeligen Bett mit der zerschlissenen Decke. Ihre Wange brannte, und nicht einmal ihre Tränen konnten die Angst in ihrem Herzen wegspülen. Was, wenn er entdeckt werden würde? Er war alles, was sie noch an Familie hatte.

Immer noch weinend verzichtete sie darauf, ihn anzubetteln, und folgte ihm aus der Hütte. Ausnahmsweise war der eckige Turm dunkel, der das Dorf überragte. Nur in den Fenstern des Schuppens war noch Licht. Doch die schwarze Wolke, die normalerweise aus den Schornsteinen des Schuppens aufstieg, fehlte. Nur ein dünnes Fädchen weißen Rauchs stieg nahezu senkrecht in die eisige Kälte des Nachmittags. Schon färbte sich der Himmel; bald würde es dunkel werden.

Gerts Finger gruben sich in Elisas Unterkiefer.

„Wage es ja nicht, jemandem zu sagen, wo ich bin. Wenn doch, bringe ich dich um. Verstanden?"

Vor Angst erstarrt, fiel es ihr schwer zu nicken. Der Ausdruck in seinen Augen machte klar, dass er seine Worte ernst meinte. Ihre Knie zitterten. Als er sie losließ und ging, sank sie zu Boden. Die Tränen strömten nur so über ihr Gesicht und sie fragte sich, ob alle großen Brüder ihre Schwestern so behandelten.

Graf Elba wischte sich die ölverschmierten Hände an einem dreckigen Tuch ab und nahm sich dabei vor, demnächst seinen Bart wieder zu reinigen. Etwas Öl verdunkelte den weißen Dschungel, der ihm bis zum wohlgerundeten Bauch reichte.

„Du siehst vielversprechend aus", sagte er zu der glänzenden Maschine, die auf seinem Heuwagen stand. Mit den Maschinen zu reden, machte sein Leben erträglich. Hoffentlich würde der dampfbetriebene Schneepflug funktionieren. Seit seine erste Erfindung explodiert war, besuchte ihn kaum noch jemand. Die Idee für einen Schneepflug war ihm gekommen, als die königlichen Herolde im Spätherbst vorbeigekommen waren. Der königliche Zauberer hatte einen schneereichen Winter vorhergesagt. Wenn seine Maschine das tat, wofür sie gebaut worden war, hätten die Leute im Dorf vielleicht weniger Angst vor ihm.

„Ich bringe dich lieber zum Testgelände, falls du ebenfalls explodierst. Wir wollen ja nicht schon wieder das Dach verlieren, oder?"

Er öffnete die Schuppentore weit und zitterte. Sein Atem kondensierte an der Luft, deshalb holte er sich seinen wärmsten Mantel. Nach kurzer Überlegung schloss er den Turm ab. Immerhin würde er eine ganze Weile weg sein. Seine Haushälterin, die im Ort wohnte, hatte ihm von einem Dieb erzählt, der im Dorf sein Unwesen trieb. In den warmen Mantel gemummelt spannte er das Pferd vor den Heuwagen, kletterte hinein und machte sich auf den Weg in den Wald.

Gert schlenderte den engen Waldweg entlang, der ihn direkt zum Hintereingang des Anwesens des verrückten Barons bringen würde. Da der Pfad ein Stück weit parallel zum Hauptweg führte, konnte er zwischen den Baumstämmen hindurch sehen, wie das Licht im Schuppen verlosch. Eine unförmige Silhouette entfernte sich vom Schuppen. Graf Elba war auf dem Weg nach Wer-weiß-wohin. Das war gut.

„Es gefällt mir nicht, wie du Elisa behandelst." Gert fuhr herum. Die Stimme kam ihm bekannt vor. Eine in Weiß gekleidete Frau stand auf dem Weg.

"Wer zum Teufel bist du?" Er studierte die Gesichtszüge der Frau. Trotz des Dämmerlichts des Waldes waren sie gut zu erkennen.

„Ändere dein Verhalten oder du wirst Schaden nehmen." Ein liebevolles, aber trauriges Lächeln huschte über das Gesicht der Frau, und für einen Augenblick war sich Gert sicher, dass er seiner Mutter gegenüberstand. Er schüttelte den Kopf. Seine Mutter war tot. Seit zwei Jahren. Diese Frau konnte auf keinen Fall sie sein.

„Geht dich nichts an." Er drehte sich um und marschierte weiter. Dabei lauschte er, ob ihm Fußtritte folgten, aber der Wald blieb still. Vor der nächsten Kurve drehte er sich um. Der Pfad hinter ihm war leer.

Elisa wischte sich die Tränen ab und atmete tief durch. Ganz egal, was Gert mit ihr tun würde, sie konnte nicht zulassen, dass er noch mehr stahl. Jetzt war es genug. Hätte sie doch nur von seinen Diebeszügen erfahren, bevor er mit dem Schwein angekommen war. Sie holte ihr Schultertuch und ihr letztes Stück Brot, das sie sich aufgehoben hatte, und machte sich auf den Weg zum Turm. Sie war dankbar, dass er nicht sehr weit weg war. Der gefrorene Boden verwandelte ihre nackten Füße schnell in zwei eisige Klumpen. Wenigstens gab es keinen Wind. Vielleicht würde ihr Graf Elba erlauben, sich in seiner Küche aufzuwärmen, wenn sie ihm alles erzählte.

„Hilf mir, Kleine." Die Stimme kam von einem Pfad rechts von Elisa, der von der Hauptstraße in den Wald führte. Die Bitte wurde begleitet von leisem Stöhnen. Elisa folgte den Geräuschen und entdeckte eine alte Frau, die auf einem Stein saß und ihren Bauch umklammerte.

„Was kann ich tun?" fragte sie.

„Hol mir ein wenig Wasser aus dem Dorfbrunnen, Kind." Die Alte schaukelte vor und zurück. „Das wird ein wenig gegen meine Schmerzen helfen."

Wie Elisa so das eingefallene Gesicht und die knochigen Hände und Knöchel betrachtete, war ihr schnell klar, warum der Magen der Frau schmerzte. Ihr eigener fühlte sich ähnlich an – wahrscheinlich noch nicht so schlimm, aber sie erkannte Hunger, wenn sie ihn sah. Sollte sie Wasser holen? Es würde sie wertvolle Minuten kosten. Widerwillig zog sie das Brot aus der Tasche in ihrem Rock. Hoffentlich würde Graf Elba sie mit einem neuen Stück Brot belohnen, wenn sie seinen Turm rechtzeitig erreichte.

„Nimm das. Das wird dir Kraft geben." Elisa drückte der alten Frau das Brot in die Hand und drehte sich um, um weiterzugehen.

„Du solltest die Abkürzung nehmen, wenn du zu Graf Elbas Haus willst." Die Stimme der Frau klang mit einem Mal viel kräftiger. Elisa drehte sich erneut um und starrte entgeistert auf die weiß gekleidete Dame, die auf den Pfad zeigte, der in den Wald führte. Elisa dankte der Hexe, denn etwas anderes als eine weiße Hexe konnte die Frau nicht sein, und eilte auf den Wald zu.

Vorsichtig erkundete Gert das Gelände. Alles war dunkel. Da der Graf weggefahren war, war wahrscheinlich niemand da, aber es schadete nichts, gründlich zu sein. Also blickte er durch jedes Fenster, das er erreichen konnte, und lauschte lange, bevor er sich dem Schuppen zuwandte. Das Schloss war leicht zu knacken. Drinnen zog er die kleine Blendlaterne hervor, die er von einem Teil des Geldes gekauft hatte, das er in der Stadt für das Schwein des Vogts bekommen hatte, und leuchtete damit durch den Raum. Es war eine Werkstatt, gefüllt mit den merkwürdigsten Werkzeugen, Metallresten und mehr oder weniger vollständige Erfindungen. Hier würde er nichts Wertvolles finden, aber er war lieber gründlich. Also machte er sich an die Arbeit, alles im Schuppen genau zu untersuchen.

Elisa eilte den Pfad entlang. Ihr Herz flatterte wie ein Vogel im Käfig. Was, wenn sie nicht rechtzeitig ankäme. Unter dem Blätterdach war es bereits sehr dunkel und es fiel ihr schwer, den gewundenen Verlauf des Pfads zu erkennen. Mehr als einmal stolperte sie über eine Wurzel oder stieß sich die Zehen an einem toten Ast. Gerade, als sie glaubte, sich verlaufen zu haben, zitterte die Erde und ein ohrenbetäubender Knall zerriss die Stille der Nacht. Was zum … Woher war das gekommen? Es musste ganz in der Nähe gewesen sein. Elisa sah sich um und entdeckte das Leuchten eines Feuers zwischen den Bäumen. Vielleicht war jemand verletzt. Sie musste helfen. Widerwillig verließ sie den Pfad.

Als Graf Elba zu sich kam, schmerzte sein Körper so stark, dass er sich nicht einmal aufsetzen konnte. Er atmete vorsichtig, um die Scherzen im Griff zu behalten, und sah sich nach dem Schneepflug um, der vom Mondlicht beschienen wurde. Trotz der Explosion war er überwiegend intakt. Nur die Dampfmaschine war ein Chaos aus scharfkantigen Metall- und Messingstücken. Schon wieder versagt. Eine Träne lief über seine Wange. Langsam setzte er sich auf, untersuchte sich selbst und versuchte, die Schmerzen zu ignorieren. Nichts gebrochen. Nur blaue Flecke und ein paar Schnittwunden. Vielleicht wäre es am besten gewesen, wäre er heute Nacht gestorben. Er wischte sich die Tränen ab und sah sich nach seinem Pferd um. Es musst abgehauen sein, denn es war nirgends zu sehen. Na, es würde den Weg nach Hause schon finden. Unter Stöhnen versuchte er aufzustehen. Jede Faser seines Körpers schmerzte.

„Kann ich Ihnen helfen?" Die Stimme eines Mädchens riss ihn aus seinen Gedanken. Er sah auf. Es war ein Kind aus dem Dorf, höchstens zwölf Jahre alt. Er lächelte, so gut es ging, damit die Dörfler nicht erfuhren, dass er schon wieder versagt hatte.

„Nur ein kleines Missgeschick", sagte er.

„Sie haben sich verletzt." Das Mädchen hockte sich neben ihn und riss ein Stück Stoff von ihrem fadenscheinigen, aber überraschend sauberen Kleid. Sie verband den größten Schnitt an seinem Oberarm zuerst und wandte sich dann den vielen kleineren zu, bis hinunter zu seinen Schienbeinen. Erst jetzt bemerkte Graf Elba, dass seine eigene Kleidung kaum mehr war als Lumpen. Trotzdem machte er sich größere Sorgen um das Kind. Es zerriss fast sein ganzes Kleid. Als sie fertig war, trug sie nur noch ihr Unterkleid. Er reichte ihr seinen Mantel, das einzige Stück seiner Kleidung, das mehr oder weniger in Ordnung war.

„Nimm."

„Wird Euch nicht kalt werden?"

„Ich kann doch nicht zulassen, dass meine Retterin erfriert."

Das zaghafte Lächeln, das an den Mundwinkeln seiner kleinen Retterin zupfte, wärmte ihn mehr als alle warmen Kleidungsstücke der Welt.

„Ich hole Euch etwas Wasser", sagte das Mädchen und stand auf. „Vielleicht hilft es Euch, genug Kraft für den Heimweg zu sammeln."

Bevor er antworten konnte, rannte sie in den Wald und war in wenigen Augenblicken aus seinem Blickfeld verschwunden.

Der arme Kerl, dachte Elisa und zog den warmen Mantel enger um die Schultern. Er musste ein enger Vertrauter des Grafen sein, ansonsten hätte er die seltsame Maschine nicht anfassen dürfen, die sie gesehen hatte.

Sie hastete durch den Wald zu einem Bach, den sie vor Kurzem überquert hatte. Sie musste sich beeilen, aber wenigstens würde der Diener wissen, wie sie zum Turm kommen würde. Sie fand das Rinnsal ohne Probleme. Ein kleines Mädchen, vielleicht halb so alt wie sie, saß auf einem Stein neben einem Wasserkrug und umklammerte seine Knie. Außer einem karierten Kleidchen trug sie nichts. Was machte ein so kleines Kind um diese Uhrzeit allein im Wald?

„Alles in Ordnung?", fragte Elisa.

Das Mädchen nickte wortlos.

„Darf ich mir deinen Wasserkrug einen Moment ausleihen?", fragte Elisa.

„Dann bekomme ich deinen Mantel." Das Mädchen hob den Kopf und ein Mondstrahl, der durch das Blätterdach fiel, beleuchtete ihr Gesicht. Ihre Lippen hatten fast die gleiche Farbe wie ihre blasse Haut. Sie schien halb erfroren. Ohne zu zögern, reichte Elisa ihr den Mantel. Ihre Arme und Beine wurden schlagartig kalt. Sie ignorierte die Kälte und bückte sich, um den Wasserkrug aufzuheben, aber eine Hand hielt sie zurück. Es war die Hand eines Erwachsenen. Elisas Blick wanderte den Arm entlang und höher bis zum Gesicht der Frau. Es glühte von innen und war ihr wohlbekannt.

„Mutter?" Ihre Augen weiteten sich ungläubig.

„Du hättest den Mantel behalten sollen, Liebling. Ich darf ihn dir nicht zurückgeben." Ihr Lächeln brachte die Sonne in Elisas Herz zum Leuchten. „Manchmal musst du ein wenig selbstsüchtig sein."

„Mutter!" Elisa umarmte ihre Mutter mit aller Kraft und genoss die Wärme der Arme, die sie umschlossen. Nach einer Weile schob die Mutter sie ein Stück von sich und beugte sich vor, bis ihre Augen auf gleicher Höhe waren.

„Ich kann nicht bleiben, Elisa. Weil Gert so gemein zu dir war, wurde mir eine einzige Nacht auf Erden gewährt." Die Mutter wischte Elisa die Tränen von den Wangen. „Aber ich werde immer bei dir sein. Du musst jetzt zum Turm laufen. Ich kümmere mich um den verletzten Mann. Beeile dich. Dort ist der richtige Pfad." Sie zeigte auf einen schmalen Weg, kaum mehr als ein Trampelpfad. Der Waldboden leuchtete schwach.

Elisa wusste, dass sie dem Rat folgen sollte, aber sie musste ihre Beine dazu zwingen, sie von ihrer Mutter fortzutragen. Jeder Schritt war die reinste Qual.

„Ich werde dich immer lieben." Die Stimme ihrer Mutter verhallte, und der Wald um Elisa wurde wieder dunkel, bis auf den leuchtenden Pfad, dem sie folgte.

Gert sauste durch das Haus wie ein Sturm. Er zog Schubladen heraus und drehte Töpfe und Vasen um, auf der Suche noch etwas, das es wert war, gestohlen zu werden. Es musste doch etwas geben. Je länger er stöberte, desto wütender wurde er. Ich sollte jetzt bei einem Mädel sitzen und nicht nach etwas suchen müssen, um meine nutzlose Schwester durchzubringen, dachte er und riss Decke und Kissen vom Bett. Etwas klirrte und ein mittelgroßer Geldsack landete vor seinen Füßen. Na endlich! Er hob ihn auf, öffnete ihn und hielt die Laterne darüber. Das Licht brachte Kupfer- und Silbermünzen zum Glitzern. Es war zwar kein Vermögen, aber mehr, als er je in seinem Leben besessen hatte. Grinsend zog er die Bänder, um den Beutel zu schließen, als ihn das Geräusch der Schuppentore, die geöffnet wurden, aufhorchen ließ. Mist. Der Graf war zurück. Mit Sicherheit würde er geschnappt werden, wenn er durch das vordere Fenster fliehen würde, durch das er eingestiegen war. Vorsichtig stieg er die Stufen weiter hinauf. Mit etwas Glück würde er auf dem Dachboden, wo die meisten Bürger ihr Getreide lagerten, ein Seil finden. Damit würde er den Seilzug nutzen können, um sich außen am Turm abzuseilen. Als er den offenen Raum unter dem Dach erreichte, fiel ihm vor Erstaunen der Unterkiefer herab. Vor ihm stand etwas, das entfernt an einen Schlitten erinnerte, komplett mit Rentieren oder Hirschen, die ihn zogen. Aber nichts an dem Ding war natürlich. Die Tiere waren eindeutig Dampfmaschinen, denn sie husteten und prusteten. Die Kufen des Schlittens waren breit, ein wenig wie verkürzte Flügel. Boah ey! Wenn er nicht hätte fliehen müssen, hätte er die Maschine genauer untersucht. Sie sah aus, als könnte sie fliegen. Aber er durfte keine Zeit vertrödeln. Gert öffnete die große Tür am hinteren Ende des Dachbodens und erstarrte. Der Balken, an dem normalerweise der Seilzug hing, war abgebrochen. Weit unter sich hörte er, wie ein Schlüssel ins Schloss der Haustür geschoben wurde.

Graf Elba tätschelte noch einmal sein Pferd. Wie er erwartet hatte, war es vor ihm zu Hause angekommen.

„Ich bin gleich zurück. Wir können die Kleine ja nicht halbnackt durch die Gegend laufen lassen, nicht?", sagte er ihm und öffnete die Haustür. Drinnen schnappte er sich eine warme Decke und einen zweiten Mantel von der Garderobe und verließ das Haus wieder. Bevor er die Tür wieder abschließen konnte, ließen ihn das Puffen einer Dampfmaschine und ein Rauschen nach oben sehen. Seine Augen weiteten sich überrascht. Das Fluggerät! Es funktioniert! Es kreiste elegant über seinem Turm, als ihm auffiel, dass er nicht wusste, wer seine Erfindung steuerte. Als die Maschine höher stieg und eine Richtung vom Turm weg einschlug, rief er ihr nach.

„Warte auf mich." Er sprang auf sein Pferd, zuckte vor Schmerzen zusammen und trieb es trotzdem bis zum Galopp an.

Elisa versuchte, nicht mir den Zähnen zu klappern. Ihr dünnes Unterkleid war bei Weitem nicht warm genug. Wie weit war es denn noch bis zum Turm? Sie sah sich um und entdeckte, dass sich vor ihr der Wald zu lichten schien. Ich lebe noch und bin auf dem richtigen Weg, dachte sie. Das ist genug fürs Erste.

„Juppie." Gert jubelte in den schweigenden Himmel. Es war viel einfacher, die Maschine zu fliegen, als er befürchtet hatte, und es machte richtig Spaß. Er beschleunigte und sah zu Graf Elba hinunter, der sein Pferd noch stärker antrieb. So an den Boden gebunden würde er ihn nie einholen. Er lachte und warf den Geldsack von einer Hand in die andere. Wenn er diese Maschine an die richtige Person verkaufte, würde er den Rest seines Lebens im Luxus schwelgen. Er zog die Bänder des Beutels auf und sah erneut hinein. Das war erst der Anfang.

„Es ist so traurig zu sehen, was du mit deinem Leben gemacht hast, Gert." Die Stimme klang bekannt. Sie war so nah, jemand musste bei ihm im Schlitten sein. Gert sah auf, aber da war niemand.

„Zeig dich." Bewegungslos sah er sich im Schlitten um und hielt den offenen Beutel in der Hand. Eine blasse Figur erschien auf der vordersten Dampfmaschine. Die Frau leuchtete von innen und sah genauso aus wie seine Mutter.

„Ich bin schwer enttäuscht. Du hast nicht auf Elisas Bitten gehört und all meine Warnungen in den Wind geschlagen."

„Mutter?" Es war unmöglich, aber sie stand eindeutig vor ihm.

„Es tut mir leid, mein Junge. Du hast dies selbst gewählt, und es gibt nichts mehr, was ich für dich tun kann." Sie verschwand.

Bevor Gert auch nur einen Finger bewegen konnte, explodierte die vorderste Maschine. Der Schlitten buckelte, und Gert wurde hinausgeschleudert. Schreiend fiel er durch die Nacht. Doch die Geldstücke aus dem Beutel fielen schweigend. Der Schlitten folgte ihnen sanft zur Erde.

Elisa glaubte, jemanden schreien zu hören, und sah zum Himmel auf, aber da war niemand. Mittlerweile zitterte sie so stark, dass die Bäume vor ihren Augen verschwammen. Sie presste die Arme noch enger um sich und ging schneller. Zum Glück lag der Wald bereits hinter ihr. Der Turm war so nah, dass sie es wahrscheinlich dorthin schaffen würde. Sie sah noch einmal hoch, weil sie dachte, einen Schatten bemerkt zu haben.

Kleine, glitzernde Objekte fielen auf sie zu. Mehr aus Reflex, ihre Gedanken waren so erfroren wie ihre Finger, schnappte sie den Saum ihres Unterkleids und hielt ihn hoch. Dann erst wurde ihr bewusst, wie dämlich es war, Sternschnuppen fangen zu wollen. Klingelnd landeten die glänzenden Dinger in ihrem Rock. Das Gewicht zog an Elisas Händen. Nicht ein einziger Stern fiel daneben. Es war ein Wunder. Wie betäubt sank Elisa zu Boden und starrte die Geldstücke in ihrem Schoß an. Sie sah nicht einmal auf, als Hufschlag die Ankunft eines Reiters verkündete. Erst als ihr jemand eine warme Decke um die Schultern legte, tauchte sie aus ihrer stummen Ergriffenheit auf.

„Habt Ihr das gesehen?" Sie sah auf. Der Diener, dem sie geholfen hatte, hob sie sehr vorsichtig auf.

„Komm. Lass uns heimgehen", sagte er. „Wenn wir dich nicht bald aufwärmen, erfrierst du."

Ermuntert von seinen freundlichen Worten kuschelte sich Elisa in seine warmen Arme. Sie hob den Rock mit dem Geld, soweit sie sich traute, damit es nicht unanständig wirkte.

„Seht mal. Ich habe Sternschnuppen gefangen."

„In dem Fall darfst du dir etwas wünschen." Der Mann lächelte und setzte sie auf sein Pferd, bevor er aufstieg. „Was möchtest du, ganz tief in deinem Herzen?"

Tränen schossen in Elisas Augen. Seit ihre Mutter gestorben war, hatte sie niemand mehr nach ihren Wünschen gefragt. Sie konnte in einer kalten Hütte hausen, verschlissene Kleidung tragen und wenig essen, aber der Hass, der von Gert ausging, schmerzte zu sehr. Sie wollte doch nur so geliebt werden, wie sie war, wie ihre Mutter sie geliebt hatte.

Natürlich gab es keinen Ersatz für ihre Mutter, aber sie sehnte sich nach jemandem, der für sie sorgen würde. Ob sie das Geld dafür benutzen konnte, dass jemand sie wahrnahm?

„Ich werde von den Sterntalern Geschenke für die Kinder im Dorf kaufen. Vielleicht werden sie mich dann mögen."

Ein Schatten glitt über sie hinweg auf den Turm zu. Der Mann sah ihm schweigend nach. Als er relativ sanft auf dem Boden im Hof aufsetzte, entspannte sich sein Gesicht.

„Ich kann dir helfen, den Kindern die Geschenke zu bringen", sagte er, als sie in den Hof des Anwesens ritten. „Wir können dafür meine Erfindung benutzen. Sie scheint weniger Schaden genommen zu haben, als ich befürchtet hatte."

Als er Elisa vom Pferd hob, wurde ihr klar, dass sie Graf Klaus Eban selbst getroffen hatte, und nicht einen seiner Diener. Hinter ihm stand die Tür zu seinem Turm weit offen. Sie war zu spät gekommen.

„Es war mein Bruder. Er ist in Euren Turm eingebrochen", flüsterte sie. „Ich wollte Euch warnen, aber …"

„Schsch. Wenn er wiederkommt, wird sich der Vogt um ihn kümmern." Er trug sie in den Turm, und das erste Mal seit dem Tod ihrer Mutter spürte Elisa so etwas wie Glück.

DAS ORIGINAL: BRÜDERCHEN UND SCHWESTERCHEN
Gebrüder Grimm

Brüderchen nahm sein Schwesterchen an der Hand und sprach: „Seit die Mutter tot ist, haben wir keine gute Stunde mehr. Die Stiefmutter schlägt uns alle Tage, und wenn wir zu ihr kommen, stößt sie uns mit den Füssen fort. Die harten Brotkrusten, die übrig bleiben, sind unsere Speise, und dem Hündlein unter dem Tisch geht's besser, dem wirft sie doch manchmal einen guten Bissen zu. Dass Gott erbarm! Wenn das unsere Mutter wüsste! Komm, wir wollen miteinander in die weite Welt gehen!" Sie gingen den ganzen Tag über Wiesen, Felder und Steine, und wenn es regnete, sprach das Schwesterchen: „Gott und unsere Herzen, die weinen zusammen!" Abends kamen sie in einen großen Wald und waren so müde von Jammer, Hunger und dem langen Weg, dass sie sich in einen hohlen Baum setzten und einschliefen.

Am anderen Morgen, als sie aufwachten, stand die Sonne schon hoch am Himmel und schien heiß in den Baum hinein. Da sprach das Brüderchen: „Schwesterchen, mich dürstet, wenn ich ein Brünnlein wüsste, ich ging und tränk einmal; ich mein, ich hört eins rauschen." Brüderchen stand auf, nahm

Schwesterchen an der Hand, und sie wollten das Brünnlein suchen. Die böse Stiefmutter aber war eine Hexe und hatte wohl gesehen, wie die beiden Kinder fortgegangen waren, war ihnen nachgeschlichen, heimlich, wie die Hexen schleichen, und hatte alle Brunnen im Walde verwünscht. Als sie nun ein Brünnlein fanden, dass so glitzerig über die Steine sprang, wollte das Brüderchen daraus trinken. Aber das Schwesterchen hörte, wie es im Rauschen sprach: „Wer aus mir trinkt, wird ein Tiger, wer aus mir trinkt, wird ein Tiger."

Da rief das Schwesterchen: „Ich bitte dich, Brüderlein, trink nicht, sonst wirst du ein wildes Tier und zerreißest mich!" Das Brüderchen trank nicht, ob es gleich so großen Durst hatte, und sprach: „Ich will warten, bis zur nächsten Quelle." Als sie zum zweiten Brünnlein kamen, hörte das Schwesterchen, wie auch dieses sprach: „Wer aus mir trinkt, wird ein Wolf, wer aus mir trinkt, wird ein Wolf." Da rief das Schwesterchen: „Brüderchen, ich bitte dich, trink nicht, sonst wirst du ein Wolf und frisst mich!"

Das Brüderchen trank nicht und sprach: „Ich will warten, bis wir zur nächsten Quelle kommen, aber dann muss ich trinken, du magst sagen, was du willst, mein Durst ist gar zu groß." Und als sie zum dritten Brünnlein kamen, hörte das Schwesterlein, wie es im Rauschen sprach: „Wer aus mir trinkt, wird ein Reh; wer aus mir trinkt, wird ein Reh." Das Schwesterchen sprach: „Ach Brüderchen, ich bitte dich, trink nicht, sonst wirst du ein Reh und läufst mir fort." Aber das Brüderchen hatte sich gleich beim Brünnlein niedergekniet, hinabgebeugt und von dem Wasser getrunken und wie die ersten Tropfen auf seine Lippen gekommen waren, lag es da als ein Rehkälbchen.

Nun weinte das Schwesterchen über das arme verwünschte Brüderchen, und das Rehchen weinte auch und saß so traurig neben ihm. Da sprach das Mädchen endlich: „Sei still, liebes Rehchen, ich will dich ja nimmermehr verlassen." Dann band es sein goldenes Strumpfband ab, tat es dem Rehchen um den

Hals und rupfte Binsen und flocht ein weiches Seil daraus. Daran band es das Tierchen und führte es weiter und ging immer tiefer in den Wald hinein. Und als sie lange, lange gegangen waren, kamen sie endlich an ein kleines Haus, und das Mädchen schaute hinein, und weil es leer war, dachte es: Hier können wir bleiben und wohnen. Da suchte es dem Rehchen Laub und Moos zu einem weichen Lager, und jeden Morgen ging es aus und sammelte sich Wurzeln, Beeren und Nüsse, und für das Rehchen brachte es zartes Gras mit, das fraß es ihm aus der Hand, war vergnügt und spielte vor ihm herum. Abends wenn Schwesterchen müde war und sein Gebet gesagt hatte, legte es seinen Kopf auf den Rücken des Rehkälbchens, das war sein Kissen, darauf es sanft einschlief. Und hätte das Brüderchen nur seine menschliche Gestalt gehabt, es wäre ein herrliches Leben gewesen.

Das dauerte eine Zeitlang, dass sie so allein in der Wildnis waren. Es trug sich aber zu, dass der König des Landes eine große Jagd in dem Wald hielt. Da schallte das Hörnerblasen, Hundegebell und das lustige Geschrei der Jäger durch die Bäume, und das Rehlein hörte es und wäre gar zu gerne dabei gewesen. „Ach!" sprach es zu dem Schwesterlein, „lass mich hinaus in die Jagd, ich kann's nicht länger mehr aushalten!" und bat so lange, bis es einwilligte. „Aber", sprach es zu ihm, „komm mir ja abends wieder, vor den wilden Jägern schließ ich mein Türlein; und damit ich dich kenne, so klopf und sprich: ʻMein Schwesterlein, lass mich herein!ʼ Und wenn du nicht so sprichst, so schließ ich mein Türlein nicht auf." Nun sprang das Rehchen hinaus, und war ihm so wohl und war so lustig in freier Luft. Der König und seine Jäger sahen das schöne Tier und setzten ihm nach, aber sie konnten es nicht einholen und wenn sie meinten, sie hätten es gewiss, da sprang es über das Gebüsch weg und war verschwunden. Als es dunkel ward, lief es zu dem Häuschen, klopfte und sprach: „Mein Schwesterchen, lass mich herein!" Da ward ihm die kleine Tür auf getan, es sprang hinein und ruhte sich die ganze Nacht auf seinem weichen Lager aus. Am andern Morgen ging die Jagd von neuem an, und als das Rehlein das Hifthorn hörte und das „Ho, Ho!" der Jäger, da hatte es keine Ruhe und sprach: „Schwesterchen, mach mir auf, ich muss hinaus." Das Schwesterchen öffnete ihm die Türe und sprach: „Aber zum Abend musst du wieder da sein und dein Sprüchlein sagen", Als der König und seine Jäger das Rehlein mit dem goldenen Halsband wieder sahen, jagten sie ihm alle nach, aber es war ihnen zu schnell und behände. Das währte den ganzen Tag, endlich aber hatten es die Jäger abends umzingelt, und einer verwundete es ein wenig am Fuß, so dass es hinken musste und langsam fortlief. Da schlich ihm ein Jäger nach bis zu dem Häuschen und hörte, wie es rief: „Mein Schwesterlein, lass mich herein!" und sah, dass die Tür ihm auf getan und alsbald wieder zugeschlossen ward. Der Jäger behielt das alles wohl im Sinn, ging zum König und erzählte ihm, was er gesehen und gehört hatte. Da sprach der König: „Morgen soll noch einmal gejagt werden!"

Das Schwesterchen aber erschrak gewaltig, als es sah, dass sein Rehkälbchen verwundet war. Es wusch ihm das Blut ab, legte Kräuter auf und sprach: „Geh auf dein Lager, lieb Rehchen, dass du wieder heil wirst." Die Wunde aber war so gering, dass das Rehchen am Morgen nichts mehr davon spürte. Und als es die Jagdlust wieder draußen hörte, sprach es: „Ich kann's nicht aushalten, ich muss dabei sein; so bald soll mich keiner kriegen!" Das Schwesterchen weinte und sprach: „Nun werden sie dich töten, und ich bin hier allein im Walde und bin verlassen von aller Welt. Ich lass dich nicht hinaus."

„So sterb ich dir hier vor Betrübnis", antwortete das Rehchen, „wenn ich das Hifthorn höre, so mein ich, ich müsst' aus den Schuhen springen!" Da konnte das Schwesterchen nicht anders und schloss ihm mit schwerem Herzen die Tür auf, und das Rehchen sprang gesund und fröhlich in den Wald. Als es der König erblickte, sprach er zu seinen Jägern: „Nun jagt ihm nach den ganzen Tag bis in die Nacht, aber dass ihm keiner etwas zuleide tut!" Sobald die Sonne untergegangen war, sprach der König zum Jäger: „Nun komm und zeige mir das Waldhäuschen!" Und als er vor dem Türlein war, klopfte er an und rief: „Lieb Schwesterlein, lass mich herein!" Da ging die Tür auf, und der König trat herein, und da stand ein Mädchen, das war so schön, wie er noch keins gesehen hatte. Das Mädchen erschrak, als es sah, dass nicht sein Rehlein, sondern ein Mann hereinkam, der eine goldene Krone auf dem Haupt hatte. Aber der König sah es freundlich an, reichte ihm die Hand und sprach: „Willst du mit mir gehen auf mein Schloss und meine liebe Frau sein?"

„Ach ja", antwortete das Mädchen, „aber das Rehchen muss auch mit, das verlass ich nicht." Sprach der König: „Es soll bei dir bleiben, solange du lebst, und soll ihm an nichts fehlen." Indem kam es hereingesprungen, da band es das Schwesterchen wieder an das Binsenseil, nahm es selbst in die Hand und ging mit ihm aus dem Waldhäuschen fort.

Der König nahm das schöne Mädchen auf sein Pferd und führte es in sein Schloss, wo die Hochzeit mit großer Pracht gefeiert wurde, und war es nun die Frau Königin, und lebten sie lange Zeit vergnügt zusammen; das Rehlein ward gehegt und gepflegt und sprang in dem Schlossgarten herum. Die böse Stiefmutter aber, um derentwillen die Kinder in die Welt hineingegangen waren, die meinte nicht anders, als Schwesterchen wäre von den wilden Tieren im Walde zerrissen worden und Brüderchen als ein Rehkalb von den Jägern totgeschossen. Als sie nun hörte, dass sie so glücklich waren, und es ihnen so wohlging, da wurden Neid und Missgunst in ihrem Herzen rege und ließen ihr keine Ruhe, und sie hatte keinen anderen Gedanken, als wie sie die beiden doch noch ins Unglück bringen könnte. Ihre rechte Tochter, die hässlich war wie die Nacht und nur ein Auge hatte, die machte ihr Vorwürfe und sprach: „Eine Königin zu werden, das Glück hätte mir gebührt."

„Sei nur still", sagte die Alte und sprach sie zufrieden: „Wenn's

Zeit ist, will ich schon bei der Hand sein." Als nun die Zeit herangerückt war und die Königin ein schönes Knäblein zur Welt gebracht hatte und der König gerade auf der Jagd war, nahm die alte Hexe die Gestalt der Kammerfrau an, trat in die Stube, wo die Königin lag, und sprach zu der Kranken: „Kommt, das Bad ist fertig, das wird Euch wohl tun und frische Kräfte geben. Geschwind, eh es kalt wird!" Ihre Tochter war auch bei der Hand, sie trugen die schwache Königin in die Badstube und legten sie in die Wanne, dann schlössen sie die Tür ab und liefen davon. In der Badstube aber hatten sie ein rechtes Höllenfeuer angemacht, dass die schöne junge Königin bald ersticken musste.

Als das vollbracht war, nahm die Alte ihre Tochter, setzte ihr eine Haube auf und legte sie ins Bett an der Königin Stelle. Sie gab ihr auch die Gestalt und das Aussehen der Königin; nur das verlorene Auge konnte sie ihr nicht wiedergeben. Damit es aber der König nicht merkte, musste sie sich auf die Seite legen, wo sie kein Auge hatte. Am Abend, als er heim kam und hörte, dass ihm ein Söhnlein geboren war, freute er sich herzlich, und wollte ans Bett seiner lieben Frau gehen und sehen, was sie machte. Da rief die Alte geschwind: „Beileibe, lasst die Vorhänge zu, die Königin darf noch nicht ins Licht sehen und muss Ruhe haben!" Der König ging zurück und wusste nicht, dass eine falsche Königin im Bette lag.

Als es aber Mitternacht war und alles schlief, da sah die Kinderfrau, die in der Kinderstube neben der Wiege saß und allein noch wachte, wie die Türe aufging und die rechte Königin hereintrat. Sie nahm das Kind aus der Wiege, legte es in ihren Arm und gab ihm zu trinken. Dann schüttelte sie ihm sein Kisschen, legte es wieder hinein und deckte es mit dem Deckbettchen zu. Sie vergaß aber auch das Rehchen nicht, ging in die Ecke, wo es lag, und streichelte ihm über den Rücken. Darauf ging sie ganz stillschweigend wieder zur Tür hinaus, und die Kinderfrau fragte am andern Morgen die Wächter, ob jemand während der Nacht ins Schloss gegangen wäre. Aber sie antworteten: „Nein, wir haben niemand gesehen."

So kam sie viele Nächte und sprach niemals ein einziges Wort dabei; die Kinderfrau sah sie immer, aber sie getraute sich nicht, jemand etwas davon zu sagen.

Als nun so eine Zeit verflossen war, da hub die Königin in der Nacht an zu reden und sprach:

"Was macht mein Kind? Was macht mein Reh?

Nun komm ich noch zweimal und dann nimmermehr."

Die Kinderfrau antwortete ihr nicht, aber als sie wieder verschwunden war, ging sie zum König und erzählte ihm alles.

Sprach der König: „Ach Gott! Was ist das! Ich will in der nächsten Nacht bei dem Kinde wachen." Abends ging er in die Kinderstube, aber um Mitternacht erschien die Königin wieder und sprach: "Was macht mein Kind? Was macht mein Reh?

Nun komm ich noch einmal und dann nimmermehr."

Und pflegte dann des Kindes, wie sie gewöhnlich tat, ehe sie verschwand. Der König getraute sich nicht, sie anzureden, aber er wachte auch in der folgenden Nacht. Sie sprach abermals:

"Was macht mein Kind? Was macht mein Reh?

Nun komm ich noch diesmal und dann nimmermehr."

Da konnte sich der König nicht zurückhalten, sprang zu ihr und sprach: „Du kannst niemand anders sein, als meine liebe Frau!" Da antwortete sie: „Ja, ich bin deine Frau", und hatte in dem Augenblick durch Gottes Gnade das Leben wiedererhalten, war frisch, rot und gesund. Darauf erzählte sie dem König den Frevel, den die böse Hexe und ihre Tochter an ihr verübt hatten. Der König ließ beide vor Gericht führen, und es ward ihnen das Urteil gesprochen. Die Tochter ward in den Wald geführt, wo sie die wilden Tiere zerrissen, die Hexe aber ward ins Feuer gelegt und musste jammervoll verbrennen. Und wie sie zu Asche verbrannt war, verwandelte sich das Rehkälbchen und erhielt seine menschliche Gestalt wieder; Schwesterchen und Brüderchen aber lebten glücklich zusammen bis an ihr Ende.

DER ZWERG UND DIE ZWILLINGE

SCHNEEWEISSCHEN UND ROSENROT
Schätze Neu Erzählt 1

Es war einmal in einer Welt, in der Magie und Technik mit unerwarteten Konsequenzen aufeinander treffen …

Als Martin einer schwangeren Frau hilft, vor den Häschern des Königs zu fliehen, ahnt er nicht, dass die Zwillinge, die sie in sich trägt, sein einsames Leben für immer verändern werden.

Was wäre, wenn wenn die Brüder Grimm den Zwerg in „Schneeweißchen und Rosenrot" missverstanden hätten?

ISBN 978-3-95681-028-2
auch als eBook erhältlich

Lass dich über Neuerscheinungen informieren und
hole dir den ersten Band als kostenloses eBook:

http://de.katharinagerlach.com/leserinnen

DES KÖNIGS MECHANIKERIN

DIE SCHÖNE UND DAS BIEST
Schätze Neu Erzählt 3

Es war einmal in einer Welt, in der Magie und Technik mit unerwarteten Konsequenzen aufeinander treffen …

Weil ihr Vater bei einem Diebstahl erwischt wird, erwartet Luna und ihren Bruder eine Strafe, schlimmer als der Tod – es sei denn, sie arbeitet als Mechanikerin für den König. Sie tut ihr Möglichstes und versucht dabei, die Avancen seines besten Freundes abzuwehren. Als wäre das nicht genug, verunglückt der König mit einer Maschine, die sie für sicher gehalten hatte. Kann sie ihn lange genug am Leben halten, um Gefahr von sich, ihrem Bruder und dem ganzen Königreich abzuwenden?

Was wäre, wenn Charles Perrault's Schöne mehr kann, als einem Biest das Herz zu erweichen?

ISBN 978-3-95681-035-0
auch als eBook erhältlich

www.ingramcontent.com/pod-product-compliance
Lightning Source LLC
Chambersburg PA
CBHW060954120626
46557CB00003B/1155